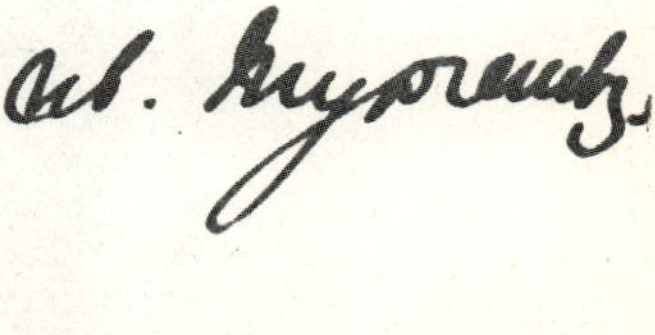

IWAN TURGENJEW

ERSTE LIEBE

NOVELLE

IM BERTELSMANN LESERING

KLEINE LESERING-BIBLIOTHEK · BAND 33

Illustriert von Herbert Becker

Deutsch von Ingo Manfred Schille

Gesamtherstellung Mohn & Co GmbH, Gütersloh

Printed in Germany · Buch-Nr. 1532

Die Gäste waren längst heimgefahren; die Uhr hatte halb eins geschlagen. Nur der Herr des Hauses sowie Sergej Nikolajewitsch und Wladimir Petrowitsch waren noch im Zimmer.

Der Hausherr klingelte und befahl, die Reste des Abendessens abzuräumen. Dann lehnte er sich tief in den Sessel, brannte sich eine Zigarre an und sagte: »Es bleibt also dabei – jeder erzählt heute die Geschichte seiner ersten Liebe. Sergej Nikolajewitsch, wollen Sie anfangen?«

Sergej Nikolajewitsch war ein kleiner, recht wohlbeleibter Mann. Sein volles Gesicht war mit einem blonden Bart bedeckt. Er sah zunächst den Herrn des Hauses an, dann wanderten seine Blicke zur Decke, und schließlich sagte er:

»Eigentlich kann man bei mir von einer ersten Liebe nicht sprechen. Ich fing gleich mit der zweiten an.«

»Wieso?«

»Ganz einfach. Ich war achtzehn, als ich zum ersten Male

einem hübschen Mädchen nachstieg. Ich tat so, als sei das überhaupt nichts Neues für mich. Später, bei anderen Mädchen, habe ich mich auch nicht anders benommen. Aber, wenn ich ganz ehrlich sein soll: Als ich sechs Jahre alt war, verliebte ich mich in mein damaliges Kindermädchen. Es war das erste – und zugleich das letzte Mal, daß ich mich verliebte. Doch es ist schon so lange her, und auf die näheren Einzelheiten dieses Verhältnisses kann ich mich beim besten Willen nicht mehr erinnern. Selbst wenn ich es könnte – wen würde das schon interessieren?«

»Ja – und nun?« fragte der Herr des Hauses. »Meine erste Liebe war auch nicht gerade sehr interessant. Bevor ich Anna Iwanowna, meine jetzige Frau, kennenlernte, war ich nie verliebt gewesen. Bei uns ging alles ganz glatt. Es war doch schließlich so: Unsere Eltern wünschten diese Ehe, wir verliebten uns und heirateten ziemlich schnell. Meine Geschichte könnte man sozusagen mit zwei Worten abtun. Offen gestanden, meine Herren, als ich dieses Thema anschnitt, hatte ich meine ganzen Hoffnungen auf Sie gesetzt. Sie sind zwei Junggesellen, noch nicht alt, aber auch nicht mehr allzu jung. Und wie ist es mit Ihnen, Wladimir Petrowitsch? Können Sie nicht etwas Interessantes erzählen?«

»Ich muß schon sagen – alltäglich war meine erste Liebe

nicht«, gab Wladimir Petrowitsch nach kurzem Zögern zur Antwort. Er war etwa vierzig Jahre alt, in seinen schwarzen Haaren zeigten sich die ersten grauen Fäden.
»Ah!« riefen die beiden anderen wie aus einem Munde. »Ausgezeichnet, erzählen Sie!«
»Gern – oder lieber nicht, denn ich kann nicht gut erzählen, ich bin keineswegs ein Meister der Sprache. Entweder erzähle ich trocken und kurz oder weitschweifig und ungenau. Aber ich werde aufschreiben, was ich noch weiß – und dann werde ich es Ihnen vorlesen.«
Die Freunde waren zunächst mit diesem Vorschlag nicht einverstanden, aber Wladimir Petrowitsch ließ sich von seinem Vorschlag nicht abbringen. Zwei Wochen später kamen sie wieder zusammen. Wladimir Petrowitsch hatte sein Versprechen gehalten. In seinem Heft stand folgendes:

I

Es war im Sommer 1833. Ich war damals sechzehn Jahre alt. Wir wohnten in Moskau, und für die Sommerzeit hatten meine Eltern in der Nähe des Kalugaer Tores ein Landhaus gemietet – gegenüber dem Njeskutschnyjpark. Ich stand kurz vor meiner Universitätsaufnahmeprüfung, aber besonders fleißig war ich nicht; ich ließ mir viel Zeit.

Eigentlich konnte ich tun und lassen, was ich wollte, vor allem, seit mein französischer Erzieher entlassen worden war. Er hatte sich nie an den Gedanken gewöhnen können, daß er wie eine Bombe (comme une bombe) auf Rußland niedergefallen sei. Oft blieb er tagelang mit wütendem Gesicht im Bett liegen.

Mein Vater behandelte mich mit freundlicher Gleichgültigkeit, und meine Mutter kümmerte sich kaum um mich, obwohl ich das einzige Kind war. Sie hatte andere Sorgen. Mein Vater war noch ein junger und recht hübscher Mann – er hatte sie wegen ihres Geldes geheiratet. Mutter war zehn Jahre älter als er, und ihr Leben war eigentlich recht traurig. Immer war sie aufgeregt, immer war sie eifersüchtig und verärgert – doch nie, wenn der Vater anwesend war. Sie hatte Angst vor ihm, er war kühl, streng, fast unnahbar. Ich habe in meinem Leben nie wieder einen Menschen gesehen, der so vornehm und ruhig, aber auch so selbstbewußt und herrisch auftrat wie er.

Die ersten Wochen, die ich auf dem Lande verbrachte, werde ich nie vergessen. Es war ein wunderbares Wetter. Am 9. Mai, am Tage des heiligen Nikolai, bezogen wir unser Landhaus. Ich trieb mich überall herum – in unserem Garten, im Park von Njeskutschnyj oder vor dem Stadttor. Oft nahm ich ein Buch mit – zum Beispiel Kaidanows Lehrbuch –, aber ich schlug es nur selten auf. Es machte mir viel mehr Spaß, dieses oder jenes Gedicht zu deklamieren; denn ich kannte sehr viele Gedichte auswendig. Mein Blut schien zu gären, in meinem Herzen war ein Sehnen – süß und gleichzeitig etwas komisch. In mir war Erwartung, aber auch Beklommenheit. Ich sah alles mit anderen Augen als bisher, ich fieberte irgend etwas Neuem entgegen. Meine Gedanken kreisten immer um die gleichen Bilder – wie Schwalben um einen Glockenturm beim Sonnenaufgang. Sie waren oft abwesend, manchmal war ich schwermütig, manchmal weinte ich sogar. Aber diese Tränen und diese Schwermut, erweckt durch das Klingen eines Liedes, durch die Lieblichkeit eines Abends, waren wie das Gras im Frühling, wie das freudige Empfinden eines jungen, beginnenden Lebens.

Ich besaß ein Pferd, das ich immer selbst sattelte. Oft ritt ich ohne ein bestimmtes Ziel mit ihm davon. Ich stürmte im Galopp dahin, träumte, ein Ritter auf einem Turnier zu sein. Wie lustig blies mir der Wind um die Ohren. Oder wenn ich in den Himmel sah, drangen sein strahlendes Licht und sein Blau in mein offenes Herz.

Ich weiß noch genau, damals hatte noch nicht das Weib,

als Sinnbild der Liebe, bestimmte Formen in meinen Vorstellungen angenommen; aber in allem, was ich dachte, in allem, was ich empfand, verbarg sich ein fast noch unbewußtes, schamhaftes Ahnen von etwas Neuem, etwas Süßem, Weiblichem.

Diese Erwartung hatte mein ganzes Sein durchdrungen. Ich atmete sie ein, sie pulste in meinen Adern, in jedem Tropfen meines Blutes – sie stand vor ihrer Erfüllung.

Unser Sommerhaus war ein hölzernes Herrenhaus mit Säulen und zwei niedrigen Nebengebäuden. Im linken befand sich eine winzige Fabrik, in der Tapeten hergestellt wurden. Ich ging oft hinein und sah zu, wie ein Dutzend abgemagerter, armseliger Burschen in schmutzigen Kitteln und mit verhärmten Gesichtern sich immer wieder gegen die hölzernen Hebebalken preßten. Das Gewicht ihrer schwächlichen Körper ließ die bunten Muster der Druckstöcke auf dem Papier erscheinen. Das rechte Nebengebäude des Hauses stand leer und war zu vermieten. Eines Tages – etwa drei Wochen nach dem 9. Mai – wurden die Fensterläden dieses Gebäudeteils geöffnet, und ein paar Frauengesichter waren hinter den Scheiben zu sehen. Eine Familie war eingezogen. Ich erinnere mich noch ganz genau; beim Mittagessen erkundigte sich meine Mutter bei unserem Butler nach den neuen Mietern. Als sie den Namen Fürstin Sassekin hörte, sagte sie respektvoll: »Ah, eine Fürstin! – Aber sicherlich verarmt«, fügte sie dann hinzu. »Sie trafen mit drei Droschken ein«, ergänzte er noch, als er meiner Mutter ehrerbietig aus einer Schüssel servierte. »Eigene Equipagen besitzt sie anscheinend nicht, und auch die Möbel sind recht ärmlich.«

»Ja, aber immerhin besser . . .«, erwiderte meine Mutter. Da ihr mein Vater einen kühlen Blick zuwarf, verstummte sie. Wirklich, die Fürstin Sassekin konnte keine reiche Frau sein. Der von ihr gemietete Gebäudeteil war baufällig, klein und niedrig; auch nur einigermaßen wohlhabende Leute wären niemals in diese Wohnung eingezogen.

Aber damals interessierte mich das kaum. Ein fürstlicher Titel imponierte mir keineswegs, denn ich hatte kurz zuvor Schillers »Räuber« gelesen.

II

Ich hatte mir angewöhnt, jeden Abend mit meinem Gewehr durch unseren Garten zu schlendern und auf Krähen zu lauern. Gegen diese vorsichtigen, schlauen und raubgierigen Vögel hatte ich von jeher einen erheblichen Widerwillen. An jenem Tage ging ich ebenfalls in den Garten – allerdings vergeblich; denn die Krähen kannten mich schon und krächzten mich von weitem an. Da stand ich plötzlich in der Nähe des niedrigen Zaunes, der »unseren« Besitz von dem schmalen Gartenstreifen trennte, der zu dem rechten Flügel des Gebäudes gehörte. Ich schlenderte vor mich hin, meine Augen blickten zu Boden. Da hörte ich Stimmen, sah über den Zaun und blieb wie versteinert stehen – ein eigenartiges Schauspiel bot sich mir dar.

Auf einem Stück Wiese inmitten grünender Himbeersträucher stand ein großes, schlankes Mädchen in einem rosagestreiften Kleid und einem weißen Tüchlein um den Kopf. Und um sie herum – vier junge Männer, die sie der Reihe nach mit einem Strauß jener kleinen grauen Blumen auf die Stirn schlug, die mit einem Knall platzen, wenn sie auf einen harten Gegenstand treffen. Kinder kennen den Namen dieser Blumen recht gut, aber ich habe ihn vergessen. Die jungen Leute hielten mit Vergnügen ihre Stirnen hin, die Bewegungen des jungen Mädchens – ich konnte sie nur von der Seite sehen – hatten gleichzeitig etwas Bezauberndes, Herrisches, Kosendes, Spöttisches und Nettes, so daß mir beinahe ein Laut der Bewunderung entschlüpft wäre. Ich glaube, in diesem Augenblick hätte ich alles auf der Welt geopfert, um ebenfalls von diesen reizenden Fingern auf die Stirn geschlagen zu werden. Mein Gewehr war ins Gras gerutscht, ich hatte alles andere rings um mich vergessen, meine Blicke verschlangen die ranke Gestalt, den Hals, die schönen Arme, das etwas in Unordnung geratene hellblonde Haar unter dem weißen Tuch, das leicht geöffnete kluge Auge, diese Wimpern und zarten Wangen . . .

»Junger Mann, eh, junger Mann, gehört es sich, fremde Mädchen anzustarren?« sagte plötzlich eine Stimme.

Ich zuckte zusammen. Fast neben mir, aber auf der anderen Seite des Zaunes, stand ein Mann mit kurzem schwarzem Haar und sah mich mit spöttischem Blick an. Im selben Augenblick wandte sich auch das Mädchen nach mir um. Ich sah ein Paar große Augen in einem ausdrucksreichen, lebhaften Gesicht. Da schien plötzlich das ganze Gesicht in Bewegung zu geraten – es fing an zu lachen, weiße Zähne blitzten, die Brauen schoben sich – fast lustig anzusehen – nach oben.

Ich bekam ein rotes Gesicht, griff nach meinem Gewehr und, verfolgt von einem lauten, aber nicht bös gemeinten Lachen, lief ich in mein Zimmer. Dort ließ ich mich auf mein Bett fallen und preßte das Gesicht in die Hände. Mein Herz schlug schnell und laut. Ich schämte mich, aber auch ein frohes Gefühl war in mir – eine mir bisher unbekannte Erregung hatte mich ergriffen.

Als ich mich etwas beruhigt hatte, kämmte und wusch ich mich und ging hinunter zum Tee. Das Bild des jungen Mädchens stand vor meinen Augen, das Klopfen des Herzens hatte aufgehört, aber das leise Sehnen war geblieben.

»Was ist mit dir?« fragte plötzlich mein Vater. »Hast du eine Krähe geschossen?«

Im ersten Augenblick wollte ich ihm alles erzählen, aber dann ließ ich es sein und lächelte nur vor mich hin. Ich weiß nicht, was mit mir los war. Als ich schlafen ging, drehte ich mich erst einmal auf einem Bein dreimal um mich selbst, ölte mein Haar und schlief die ganze Nacht wie ein Toter. Nur als der Morgen graute, wachte ich für einen Augenblick auf, hob den Kopf, blickte beseligt um mich – und schlief wieder ein.

III

Als ich am Morgen erwachte, war mein erster Gedanke: Auf welche Weise kann ich sie kennenlernen? – Noch vor dem Frühstück ging ich in den Garten, mied aber die Nähe des Zaunes. Doch ich konnte niemanden entdecken. Nach dem Frühstück schlenderte ich auf der

Landstraße umher und sah nach ihren Fenstern hinüber. Da glaubte ich hinter dem Vorhang ihr Gesicht zu sehen – und lief davon. Aber während ich planlos durch den Sand des Njeskutschnyjparks lief, dachte ich immer wieder: Ich muß sie unbedingt kennenlernen – aber wie, das ist die Frage! – Und immer wieder kehrten selbst die geringsten Kleinigkeiten unserer gestrigen Begegnung in mein Gedächtnis zurück. Ganz deutlich sah ich wieder, wie sie mich auslachte. – Aber während ich diesen Gedanken nachhing, während ich Pläne schmiedete, hatte das Schicksal bereits entschieden. Inzwischen hatte nämlich meine Mutter von der neuen Nachbarin einen Brief erhalten. Er war auf grauem Papier geschrieben und mit einem Lack gesiegelt, wie man ihn eigentlich nur auf der Post verwendet oder auf den Pfropfen billiger Weine findet. In dem Brief, der vor Fehlern strotzte und liederlich geschrieben war, bat die Fürstin um Hilfe. Sie schrieb, ihr Schicksal und das Schicksal ihrer Kinder hingen von hohen Persönlichkeiten ab, die meine Mutter ebenfalls kenne; sie sei in schwierige Prozesse verwickelt. »Ich wente mich an Innen als eine Edeldahme an eine Edeldahme. Es ist mich ser angenem, diese Gelegenheit warzunemen!« Am Schluß des Briefes sprach sie die Bitte aus, meine Mutter besuchen zu dürfen. Dieser Brief hatte meine Mutter etwas in Verlegenheit gebracht. Da mein

Vater nicht zu Hause war, wußte sie nicht, wo sie sich Rat holen sollte.
Es war jedoch unmöglich, eine »Edeldahme« – und noch dazu eine Fürstin – ohne Antwort zu lassen. Aber *wie* sollte sie antworten? Ein französisches Billet schien ihr unpassend, andererseits aber war meine Mutter in der russischen Orthographie auch nicht ganz sattelfest. Das wußte sie; sie wollte sich keineswegs eine Blöße geben. Deshalb war sie erleichtert, als ich heimkam. Ich sollte zu der Fürstin gehen und ihr sagen, daß meine Mutter jederzeit bereit sei, soweit es in ihren Kräften stehe, Ihrer Erlaucht zu helfen. Sie ließ die Fürstin bitten, ihr gegen ein Uhr einen Besuch zu machen.
Diese überraschend schnelle Erfüllung meiner geheimsten Wünsche versetzte mich in freudige Erregung – und in eine gewisse Bange. Aber anmerken ließ ich mir nichts. Ich ging in mein Zimmer, band eine Krawatte um und zog meinen Rock an. Zu Hause trug ich meist noch eine Knabenjoppe und offene Hemdkragen – obwohl ich diese Kleidung nicht leiden mochte.

IV

In dem engen und unsauberen Vorzimmer der fürstlichen Wohnung, das ich mit vor Aufregung zitternden Gliedern betrat, empfing mich ein alter, grauhaariger Diener. Er hatte ein Gesicht wie Kupfer, finster blickende Schweinsaugen; auf Stirn und Schläfen waren so tiefe Falten, wie ich sie noch nie gesehen hatte. Der Diener trug auf einem Teller ein abgeknabbertes Heringsskelett; während er mit dem Fuß die Tür zu einem Zimmer zustieß, fragte er mich kurz: »Was wünschen Sie?«

»Ist Fürstin Sassekin zu Hause?« fragte ich.

»Wonifati!«* rief eine schrille Frauenstimme hinter der Tür. Schweigend wandte der Diener sich um. Der fadenscheinige Rücken seiner schäbigen Livree wurde sichtbar; an ihr hing nur noch ein einziger, blind gewordener Wappenknopf. Dann stellte er den Teller auf den Boden und entfernte sich.

»Warst du auf dem Polizeirevier?« fragte die Frauenstimme. Der Diener brummte etwas. »Ah, es ist jemand gekommen?« hörte ich die Stimme wieder fragen. »Der junge Herr von nebenan? Gut, führ ihn herein.«

»Bitte in den Salon«, sagte der Diener, als er wieder in das

* Bonifatius

Vorzimmer kam. Während er sprach, nahm er den Teller vom Fußboden auf. Ich faßte noch einmal an meine Krawatte und trat in den »Salon«. Es war ein kleines, nicht gerade sauberes Zimmer mit ärmlichen und, wie es schien, flüchtig aufgestellten Möbeln. Am Fenster, in einem Sessel mit gebrochener Armlehne, saß eine Frau von etwa fünfzig Jahren; sie trug das Haar glatt gekämmt und war häßlich, hatte ein altes grünes Kleid an und einen bunten Baumwollschal um den Hals. Ihre kleinen schwarzen Augen saugten sich an mir fest. Ich ging auf sie zu und machte eine Verbeugung.

»Habe ich die Ehre, mit Fürstin Sassekin zu sprechen?«

»Ich bin Fürstin Sassekin – und Sie sind der Sohn des Herrn W.?«

»Jawohl. Ich komme im Auftrag meiner Mutter.«

»Bitte, nehmen Sie Platz. Wonifati! Wo sind meine Schlüssel? Hast du sie irgendwo gesehen?«

Ich sagte Frau Sassekin, was mir meine Mutter aufgetragen hatte. Sie hörte mich an und trommelte dabei mit den dicken roten Fingern auf dem Fensterbrett herum. Als ich fertig war, starrte sie mich wieder an.

»Sehr gut, ich werde auf jeden Fall kommen. – Sie sind noch sehr jung? – Wie alt sind Sie, wenn man fragen darf?«

»Sechzehn Jahre«, antwortete ich zögernd.

Dann zog die Fürstin einige eng beschriebene, reichlich mit Fettflecken versehene Bogen aus der Tasche. Sie hielt sie dicht vor ihre Nase und begann darin zu blättern.
»Ein schönes Alter«, sagte sie plötzlich und drehte sich wieder mir zu. »Bitte – benehmen Sie sich doch nicht so zeremoniell, bei mir geht es sehr einfach zu.«
Zu einfach, dachte ich, während meine Blicke über die häßliche Figur glitten. In diesem Augenblick wurde die andere Tür des Salons aufgerissen. Auf der Schwelle stand das Mädchen, das ich gestern im Garten gesehen hatte. Sie hob die Hand, ein Lächeln glitt über ihr Gesicht.
»Das ist meine Tochter«, sagte die Fürstin und wies mit dem Ellbogen auf das Mädchen. »Sinotschka, er ist der Sohn unseres Nachbarn, des Herrn W. Darf ich fragen, wie Sie heißen?«
»Wladimir«, antwortete ich stotternd und stand auf.
»Und wie ist der Vorname Ihres Vaters?«
»Pjotr.«
»So? Ich kannte einen Polizeimeister, der hieß auch Wladimir Petrowitsch. Wonifati! Such die Schlüssel nicht weiter, sie sind in meiner Tasche.«
Das Mädchen lächelte mich noch immer an. Sie kniff dabei die Augen leicht zusammen und neigte den Kopf zur Seite.
»Ich habe Monsieur Woldemar schon gesehen – so darf

ich Sie doch nennen?« Der silberne Klang ihrer Stimme überrieselte mich wie ein angenehmer kühler Hauch.

»Aber bitte . . .«, stammelte ich.

»Wo?« fragte die Fürstin.

Die Tochter gab keine Antwort.

»Sie haben doch im Augenblick nichts zu tun?« fragte sie mich plötzlich. Sie sah mich immer noch an. »Wollen Sie mir helfen, Wolle aufzuwickeln? Kommen Sie!«

Sie nickte mir zu und verließ den Salon. Ich folgte ihr. Das Zimmer, das wir betraten, hatte bessere Möbel als die anderen Räume. Es war auch weit geschmackvoller eingerichtet. Übrigens – in jenem Augenblick fiel es mir schwer, irgend etwas aufzunehmen. Ich ging wie ein Träumender umher, ich fühlte in mir eine fast alberne Glückseligkeit.

Die junge Fürstin nahm ein Gebind roter Wolle, zeigte auf den gegenüberstehenden Stuhl, band sorgfältig das Gebind auf und legte es mir dann um die Hände. Sie sagte dabei kein Wort und tat das alles mit einer fast lächerlich wirkenden Langsamkeit, mit einem hellen und verschmitzten Lächeln auf den leicht geöffneten Lippen. Während sie die Wolle auf ein zusammengefaltetes Stück Karton wickelte, strahlte sie mich plötzlich so offen an, daß ich ungewollt zu Boden blickte.

Ihre Augen waren meist halb geschlossen, aber wenn sie

sich voll öffneten, bekam das Gesicht einen ganz anderen Ausdruck. Es schien, als sei Licht über das Gesicht gegossen worden. »Was dachten Sie gestern von mir, Monsieur Woldemar?« fragte sie nach einer Weile. »Bestimmt nichts Gutes?«

»Ich . . . Fürstin . . . Ich habe gar nichts gedacht – warum sollte ich . . .«, antwortete ich verlegen.

»Hören Sie – Sie kennen mich noch nicht. Vielleicht bin ich etwas eigenartig, denn ich verlange, daß man mir immer die Wahrheit sagt. Sie sind sechzehn, wie ich hörte, ich aber bin einundzwanzig – also viel älter als Sie. Deshalb müssen Sie mir immer die Wahrheit sagen und das tun, was ich verlange. Sehen Sie mich doch an. Warum sehen Sie mich denn nicht an?« Ich wurde noch verlegener, aber ich sah sie nicht an. Da lächelte sie. Aber es war nicht das alte, es war ein ganz neues, ein aufmunterndes Lächeln. »Sehen Sie mich an«, sagte sie noch einmal, mit zärtlicher Stimme. »Ich mag das gern . . . Ihr Gesicht gefällt mir. Ich glaube, wir werden Freunde. Gefalle ich Ihnen auch?« fragte sie dann verschmitzt.

»Fürstin . . .«, begann ich.

»Erstens müssen Sie mich Sinaida Alexandrowna nennen – und zweitens, seit wann sagen Kinder«, sie berichtigte sich schnell, »sagen junge Leute nicht offen, was sie denken? Das können Erwachsene tun. – Ich gefalle Ihnen doch?«

Obwohl ich mich freute, daß sie so offen mit mir sprach, war ich andererseits doch etwas gekränkt. Ich wollte ihr beweisen, daß ich kein Knabe mehr war. Deshalb nahm ich eine möglichst ungezwungene, fast männliche Haltung an und sagte: »Natürlich gefallen Sie mir außerordentlich, Sinaida Alexandrowna, warum sollte ich das leugnen?«

Sie wiegte leicht den Kopf. »Haben Sie noch einen Erzieher?« fragte sie plötzlich.

»Nein, schon lange nicht mehr.«

Ich hatte gelogen, denn es war noch kein Monat vergangen, seit mein Franzose entlassen worden war.

»Oh, natürlich, dann sind Sie wirklich schon erwachsen!« Sie klopfte mir auf die Finger. »Halten Sie doch die Arme gerade«, sagte sie und wickelte rasch die Wolle auf.

Während sie auf ihre Arbeit blickte, nahm ich die günstige Gelegenheit wahr, sie anzusehen. Erst verstohlen, aber dann immer dreister und dreister. Das Gesicht schien mir noch anmutiger als am Abend zuvor. Es war fein, klug, lieb. Sie saß mit dem Rücken zum Fenster, das mit einer Gardine verhangen war. Durch diese Gardine stahl sich ein winziger Sonnenstrahl. Mit seinem weichen Licht übergoß er das seidige, goldene Haar, den jungfräulichen Hals, die runden Schultern, die zarte, sich ruhig hebende Brust. Ich betrachtete sie ganz genau –

lieb und vertraut erschien sie mir, und ich hatte das Empfinden, sie schon seit langer, langer Zeit zu kennen, als habe jene Zeit, bevor ich sie kennenlernte, überhaupt nicht existiert. Sie trug ein dunkles, schon etwas abgetragenes Kleid und eine Schürze. Wie gern hätte ich jede Falte dieses Kleides, dieser Schürze gestreichelt! Und unter dem Kleid sahen die Spitzen ihrer Schuhe hervor. Anbetend hätte ich mich vor diesen Schuhen niederwerfen können. – Und nun sitze ich vor ihr und habe sie kennengelernt, dachte ich. Welch ein Glück! – Fast wäre ich vor Begeisterung aufgesprungen, aber ich ließ nur die Beine baumeln – wie ein Kind, wenn es nascht.

Ich fühlte mich wie ein Fisch im Wasser. Für immer hätte ich in diesem Zimmer bleiben mögen.

Da blickte sie auf. Wieder leuchteten mir die hellen Augen entgegen, wieder lächelte sie mir zu.

»Warum sehen Sie mich so an?« fragte sie leise und drohte mit dem Finger.

Ich bekam einen roten Kopf. – Sie sieht alles, sie weiß alles! sagte ich zu mir. Warum sollte es auch anders sein?

Plötzlich hörte ich ein Geräusch im Salon. Ein Säbel rasselte.

»Sina!« rief die Fürstin. »Belowsorow hat dir ein Kätzchen gebracht!«

»Ein Kätzchen?« antwortete Sinaida, sprang auf, warf mir den Garnknäuel in den Schoß und lief davon.
Ich erhob mich ebenfalls, legte Garn und Knäuel auf die Fensterbank und folgte ihr. Verdutzt blieb ich in der Tür zum Salon stehen. In der Mitte des Raumes lag ein tigergestreiftes Kätzchen. Vor ihm kniete Sinaida, ihre Hand umfaßte das Mäulchen des Tieres. Neben der Fürstin stand ein junger Mann mit blondem krausem Haar – ein Husar; er hatte ein rotes Gesicht und hervorstehende Augen. Mit seiner massigen Gestalt füllte er fast den ganzen Raum zwischen den beiden Fenstern.
»Wie poussierlich sie aussieht«, sagte Sinaida. »Die Augen sind nicht grau, sondern grün. Und die großen Ohren! – Schönen Dank, Viktor Jegoritsch, das ist sehr nett von Ihnen.«
Der Husar, es war einer der Männer von gestern abend, grinste über das ganze Gesicht, machte eine Verbeugung und knallte die Hacken zusammen, daß die Sporen und das Säbelgehänge klirrten.
»Sie sagten gestern, Sie wünschen sich ein Tigerkätzchen mit großen Ohren. Bitte sehr – Ihr Wunsch war mir Befehl!« Er verbeugte sich noch einmal.
Das Kätzchen miaute und beschnupperte den Fußboden.
»Es hat Hunger!« rief Sinaida. »Wonifati! Sonja! Bringt Milch!«

Ein Dienstmädchen in einem alten gelben Kleid und mit einem verblaßten Tuch um den Hals trat in den Salon, brachte eine Schüssel mit Milch und stellte sie vor die Katze. Das Tierchen zitterte, schloß die Augen und fing an, die Milch zu lecken.

»Sie hat eine rosige Zunge«, sagte Sinaida. Ihr Kopf berührte fast den Fußboden, während sie das Kätzchen betrachtete. Als das Tier satt war, schnurrte es und bewegte graziös die Pfötchen. Plötzlich stand Sinaida auf und sagte in gleichgültigem Ton zu dem Mädchen: »Bring sie weg!«

»Bekomme ich als Lohn für die Katze eine Hand?« fragte der Husar und streckte mit einem Ruck den mächtigen Körper, der sehr knapp in der neuen Uniform saß.

»Sogar beide«, antwortete Sinaida und reichte ihm die Hände. Während er sie küßte, blickte mich Sinaida über seine Schulter an.

Unbewegt stand ich da. Ich wußte nicht, sollte ich lachen, etwas sagen oder schweigen. Da fiel plötzlich mein Blick auf die Gestalt unseres Dieners Fjodor. Er stand an der Tür und winkte. Mechanisch ging ich auf ihn zu.

»Was willst du?« fragte ich.

»Maminka schickt mich. Maminka sind böse. Sie wartet auf Antwort«, flüsterte er.

»Bin ich denn schon so lange fort?«

»Über eine Stunde.«
»Über eine Stunde?« wiederholte ich, ging zurück in den Salon und verabschiedete mich mit ein paar Verbeugungen.
»Wohin gehen Sie?« fragte die junge Fürstin.
»Ich muß heim.« Dann wandte ich mich an die Alte und sagte: »Ich werde also ausrichten, daß Sie kurz nach ein Uhr kommen.«
»Gut, sagen Sie das.«
Mit einem hastigen Griff nahm die Fürstin ihre Tabatiere in die Hand und schnupfte so laut, daß ich zusammenzuckte. »Sagen Sie das«, wiederholte sie krächzend, während ihr die Tränen in die Augen stiegen.
Ich machte nochmals eine Verbeugung, drehte mich um und verließ das Zimmer mit jenem Gefühl der Verlegenheit, die ein junger Mensch empfindet, wenn er weiß, daß man ihm nachschaut.
»Also, Monsieur Woldemar, besuchen Sie uns bald wieder!« rief Sinaida mir nach und lachte.
Warum lacht sie immer? fragte ich mich, als Fjodor schweigend, aber mißbilligend, hinter mir herging.
Meine Mutter zankte. Sie wollte wissen, was ich bei der Fürstin getan hatte. Aber ich gab keine Antwort und ging in mein Zimmer. Plötzlich überkam mich eine tiefe Niedergeschlagenheit. Ich hatte sogar Mühe, meine Tränen zu unterdrücken – ich war eifersüchtig auf den Husaren.

V

Wie vereinbart, besuchte uns die Fürstin. Meiner Mutter gefiel sie nicht. Ich war bei dem Besuch nicht anwesend, aber beim Mittagessen sagte sie zu meinem Vater, die Fürstin sei anscheinend »une femme très vulgaire«. Sie sei ihr mit der Bitte, sich für sie beim Fürsten Sergej zu verwenden, sehr lästig gefallen, stecke in allerlei Prozessen und Affären – de villaines affaires d'argent – und sei wohl eine große Intrigantin. Dann sagte sie noch, daß sie Mutter und Tochter zum morgigen Mittagessen eingeladen habe. Als ich das Wort Tochter vernahm, blickte ich starr auf meinen Teller. Mutter erklärte, sie habe sie einladen müssen, weil sie unsere Nachbarin sei und einen Titel besitze.

Dann sagte mein Vater, er könne sich jetzt an die Dame erinnern – er hatte den verstorbenen Fürsten Sassekin gekannt. Er sei zwar ein Mann von guter Erziehung gewesen, aber oberflächlich und etwas beschränkt. In Gesellschaftskreisen habe man ihn »le parisien« genannt, denn er habe lange Zeit in Paris gelebt. Mein Vater sagte auch, daß der Fürst sehr reich gewesen sei, aber er habe sein Vermögen verspielt. Aus einem unbekannten Grunde – vielleicht des Geldes wegen – habe er die Tochter eines

Kanzleibeamten geheiratet, obwohl er eine viel bessere Partie hätte machen können, sagte mein Vater reserviert. Aber nach der Hochzeit habe er sich auf Spekulationen eingelassen und sei schließlich völlig verarmt.

»Hoffentlich versucht sie nicht, Geld von uns zu borgen«, bemerkte meine Mutter.

»Schon möglich«, meinte gelassen mein Vater. »Spricht sie Französisch?«

»Sehr schlecht.«

»Hm – übrigens hat das nichts zu sagen. Du hast auch die Tochter eingeladen? Man sagt, es sei ein nettes und gebildetes Mädchen.«

»Ah – also anders als die Mutter?«

»Aber wohl auch nicht wie der Vater. Der war zwar auch gebildet, aber trotzdem dumm«, erwiderte mein Vater.

Meine Mutter seufzte und hing ihren Gedanken nach; auch der Vater schwieg. Das Gespräch war mir ziemlich peinlich gewesen.

Nach dem Essen ging ich ohne Flinte in den Garten. Ich hatte mir vorgenommen, nicht in die Nähe des Sassekinschen Gartens zu gehen, aber eine unwiderstehliche Kraft zog mich dorthin – und zwar nicht vergebens. Als ich in die Nähe des Zaunes kam, entdeckte ich Sinaida. Diesmal war sie allein. Sie hatte ein Buch in der Hand und las im Gehen. Zunächst hatte ich die Absicht,

sie vorbeigehen zu lassen; aber dann äußerte ich meine Absicht und räusperte mich.
Sie sah sich um, blieb aber nicht stehen. Mit einer Handbewegung schob sie das breite blaue Band des runden Strohhutes zurück, lächelte mir zu – und las weiter.
Ich zog die Mütze, blieb noch einen Augenblick stehen und schlich dann mit schwerem Herzen davon. – Que suis-je pour elle? dachte ich – weiß Gott, warum – auf französisch. Da hörte ich bekannte Schritte hinter mir. Ich drehte mich um. Mit schnellen, elastischen Schritten kam mein Vater auf mich zu.
»Ist das die junge Fürstin?« fragte er.
»Es ist die Fürstin.«
»Kennst du sie?«
»Ich habe sie heute bei der alten Fürstin kennengelernt.«
Mein Vater drehte sich schnell auf dem Absatz herum. Als er auf gleicher Höhe mit ihr war, grüßte er höflich. Etwas erstaunt erwiderte sie den Gruß. Dann senkte sie das Buch, und ich sah, wie sie dem Vater nachblickte. Mein Vater war immer schlicht-elegant und geschmackvoll angezogen; der graue Hut auf dem noch vollen Lockenhaar kleidete ihn ausgezeichnet. Ich ging noch ein Stück hinter ihr her, aber sie sah mich nicht – sie ging lesend davon.

VI

An diesem Abend und am folgenden Morgen war ich so enttäuscht, daß ich kaum sprach. Wie mir noch erinnerlich ist, wollte ich arbeiten und versuchte, im Kaidanow zu lesen. Aber unbegreifbar tanzten die Zeilen und Seiten dieses bekannten Lehrbuches vor meinen Augen. Zehnmal wohl las ich die Worte »Julius Caesar zeichnete sich durch Mut aus« – aber den Sinn der Worte verstand ich nicht. Ich legte das Buch aus der Hand. Vor dem Mittagessen ölte ich wiederum mein Haar, zog mein Jackett an und band eine Krawatte um.

»Warum?« fragte meine Mutter. »Du bist noch kein Student, und Gott allein weiß, ob du jemals die Prüfung bestehst. Die Joppe haben wir doch erst vor kurzem machen lassen – und zum Wegwerfen ist sie noch viel zu schade.«

»Aber wir bekommen doch heute Besuch«, flüsterte ich, der Verzweiflung nahe.

»Unsinn! Ein schöner Besuch ist das!«

Ich mußte mich fügen. Mein Jackett tauschte ich gegen die Joppe, aber meine Krawatte band ich nicht ab. Eine halbe Stunde vor dem Essen trafen die Fürstin und ihre Tochter ein. Die Alte trug über dem mir bereits bekannten Kleid einen gelben Schal sowie eine altmodische Haube mit feuerroten Bändern. Sie fing sofort wieder von ihren Geldgeschichten an, seufzte, stöhnte über ihre Armut und benahm sich im übrigen recht ungeniert. Genau wie zu Hause, schnupfte sie auch bei uns geräuschvoll ihren Tabak, saß unruhig auf dem Stuhl und benahm sich keineswegs wie eine Fürstin. Dagegen war Sinaida eine echte Aristokratin – einwandfrei, fast hochmütig. Ihr Gesicht war kühl, gemessen, beinahe arrogant. Ich erkannte sie kaum wieder, weder ihre Blicke noch ihr Lächeln. Aber auch dieses neue Aussehen gefiel mir ausgezeichnet. Sie trug ein blaßblau gemustertes Wollbarègekleid, und das Haar fiel nach englischer Mode zu beiden Seiten des Gesichts in langen Locken herab. Die Frisur paßte ausgezeichnet zu ihrem kühlen Gesichtsausdruck. Während des Essens saß mein Vater neben Sinaida; er unterhielt sich mit ihr mit dem ihm eigenen Charme, mit lässiger Höflichkeit. Hin und wieder sah er sie an; auch sie erwiderte manchmal seine Blicke, aber sie waren eigenartig, fast böse. Sie unterhielten sich französisch, und wie ich mich noch erinnern kann, war ich über die gute Aussprache Sinaidas erstaunt.

Beim Essen benahm sich die Fürstin genauso ungeniert wie bisher. Sie aß viel und lobte das Essen. Meiner Mutter fiel sie offenbar lästig, und deshalb beantwortete meine

Mutter fast alle ihre Fragen mit gelangweilter Geringschätzung. Auch mein Vater runzelte manchmal die Stirn. Sinaida gefiel meiner Mutter ebenfalls nicht.
»Sie ist sehr stolz«, sagte meine Mutter am Tage darauf. »Ich möchte wissen, worauf – avec sa mine de grisette.«
»Hast du jemals eine Grisette kennengelernt?« fragte mein Vater.
»Nein – Gott sei Dank nicht.«
»Gott sei Dank. Aber warum urteilst du dann über sie?«
Mich hatte Sinaida kaum angesehen. Kurz nach dem Essen verabschiedete sich die Fürstin. »Ich hoffe auf Ihre Protektion, Maria Nikolajewna und Pjotr Wassiljewitsch«, sagte sie in ihrem singenden Tonfall zu meinen Eltern. »Was kann man machen? Die guten Zeiten sind nun einmal vorbei. Man redet mich mit Erlaucht an, aber was sind Titel, wenn man nichts zu beißen hat«, sagte sie mit ihrem unangenehmen Lachen.
Mein Vater antwortete mit einer Verbeugung und begleitete sie bis zur Vorzimmertür. In meiner kurzen Joppe stand ich neben ihm und sah zu Boden – wie ein zum Tode Verurteilter. Ich war von Sinaidas Benehmen mir gegenüber wie erschlagen. Um so größer war deshalb mein Erstaunen, als sie mir im Vorübergehen freundlichst zuflüsterte: »Kommen Sie um acht Uhr zu

mir, aber bestimmt!« Ihr Lächeln war so nett gewesen wie früher. Ich wollte ihr meine Hände entgegenstrecken, aber sie war schon vorübergegangen und legte den weißen Schal über den Kopf.

VII

Pünktlich um acht Uhr betrat ich, angetan mit meinem Jackett, das Vorzimmer der fürstlichen Wohnung. Das widerspenstige Haar hatte ich nach hinten gebürstet. Der alte Diener sah mich finster an und erhob sich unwillig von seiner Bank. Aus dem Salon drangen lustige Stimmen. Ich öffnete die Tür und blieb überrascht stehen. In der Mitte des Zimmers stand, auf einem Stuhl, die junge Fürstin; sie umfaßte mit beiden Händen einen Männerhut. Um den Stuhl drängten sich fünf Männer. Sie versuchten in den Hut zu greifen, aber Sinaida hielt ihn hoch über ihre Köpfe und schüttelte ihn. Als sie mich erblickte, sagte sie: »Halt! Halt! Ein neuer Gast, er muß ebenfalls ein Los bekommen!« Leichtfüßig sprang sie vom Stuhl und packte mich am Jackettaufschlag. »Kommen Sie doch! Meine Herren, gestatten Sie, daß ich bekannt mache: Das ist Monsieur Woldemar, der Sohn unseres Nachbarn.« Dann wandte sie sich mir zu und wies der Reihe nach auf die Gäste: »Graf Malewskij, Dr. Luschin, der Dichter Maidanow, Hauptmann a. D. Nirmazkij und Belowsorow, ein Husar. Sie kennen ihn ja schon. Also – seid nett zueinander!«

Ich war so verlegen, daß ich vergaß, den Leuten die Hand zu geben. In Dr. Luschin erkannte ich jenen schwarzhaarigen Mann wieder, der mich im Garten so mitleidlos blamiert hatte. Die anderen waren mir unbekannt.

»Schreiben Sie für Monsieur Woldemar einen Loszettel, Graf«, sagte Sinaida.

»Aber, das ist doch ungerecht«, erwiderte der Graf mit leicht polnischem Akzent. Der Graf war ein hübscher, übertrieben modisch gekleideter, dunkler junger Mann mit ausdrucksvollen braunen Augen, einer schlanken, hellen Nase und einem schmalen Schnurrbart über einem kleinen Mund. »Er hat doch nicht mitgemacht.«

»Das ist ungerecht«, sagten auch Belowsorow und der Herr, der mir als Hauptmann vorgestellt worden war. Es war ein Mann von etwa vierzig Jahren; sein Gesicht war durch Pockennarben völlig entstellt, er hatte krause Haare wie ein Neger, eine schlechte Haltung, krumme Beine und trug einen offenen Uniformrock ohne Schulterstücke.

»Machen Sie noch ein Los – habe ich gesagt!« wiederholte die Fürstin. »Was soll diese Meuterei? Monsieur Woldemar

ist heute zum ersten Male unter uns, deshalb macht er eine Ausnahme. Also nicht gebrummt! Macht das Los – ich will es!«

Der Graf hob kurz die Schultern, neigte jedoch gehorsam den Kopf, nahm einen Federhalter in die blasse, ringgeschmückte Hand, riß ein Stück Papier ab und schrieb etwas darauf.

»Dann müssen wir aber Herrn Woldemar erklären, was gespielt wird«, sagte Luschin mit spöttischer Stimme. »Er ist ja ganz verlegen. Sehen Sie, junger Mann, wir machen ein Pfänderspiel; die Fürstin hatte verloren. Derjenige also, der das Glückslos zieht, darf der Fürstin die Hand küssen. Haben Sie mich verstanden?«

Ich warf ihm nur einen kurzen Blick zu – stand da, als träume ich einen schönen Traum. Die junge Fürstin stellte sich wieder auf den Stuhl und schüttelte nochmals die Lose im Hut. Jeder versuchte hineinzugreifen – auch ich. Da wandte sich Sinaida an einen großen jungen Mann mit schmalem Gesicht, kleinen trüben Augen und sehr langem schwarzem Haar. »Maidanow, Sie als Dichter sollten großzügig sein und Ihr Anrecht an Monsieur Woldemar abtreten – dann hätte er zwei Chancen.«

Doch Maidanow schüttelte verneinend den Kopf und warf das Haar zurück.

Ich griff als letzter in den Hut, nahm mein Los und machte

es auf. – Himmel, wie wurde mir, als ich las: »Kuß«! »Kuß!« rief ich unwillkürlich laut.

»Bravo! Er hat gewonnen«, sagte die junge Fürstin. »Das freut mich.« Sie kletterte vom Stuhl herunter und sah mir so offen und süß in die Augen, daß mir das Herz vor Freude rasend klopfte.

»Und Sie – freuen Sie sich auch?« fragte sie mich.

»Ich . . .«, begann ich zu stottern.

»Verkaufen Sie mir das Los!« schmetterte mir plötzlich Belowsorow in das Ohr. »Hundert Rubel zahle ich dafür!«

Ich antwortete dem Husaren mit einem solch empörten Blick, daß Sinaida in die Hände klatschte und Luschin ausrief: »Ein Prachtbursche! Aber in meiner Eigenschaft als Zeremonienmeister bin ich dafür verantwortlich, daß die Regeln eingehalten werden. Monsieur Woldemar, knien Sie nieder! Das ist so üblich bei uns.«

Sinaida stellte sich vor mich hin. Sie neigte den Kopf ein wenig zur Seite, als ob sie mich so besser betrachten könne, und gab mir würdevoll die Hand. Vor meinen Augen verschwamm alles. Ich wollte mich auf ein Knie niederlassen – aber ich fiel auf beide und berührte mit meinen Lippen ihre Finger so ungeschickt, daß ich mir an einem Fingernagel die Nase aufkratzte.

»Gut«, meinte Luschin und half mir wieder auf die Beine. Das Pfänderspiel ging weiter. Ich saß neben Sinaida. Sie erfand die ausgefallensten »Strafen«. Unter anderem mußte sie eine »Statue« darstellen. Zu ihrem »Sockel« wählte sie den häßlichen Nirmazkij. Er mußte sich auf alle viere niederlassen und den Kopf einziehen. Wir kamen kaum noch aus dem Lachen heraus. Mir, dem einsam und nüchtern erzogenen Burschen aus einem herrschaftlichen, auf Würde bedachten Hause, waren dieser Radau, diese Ungezwungenheit, diese fast stürmische Heiterkeit, dieser ungewohnte Verkehr mit fremden Menschen in den Kopf gestiegen. Ich war berauscht wie vom Wein, lachte lauter als die anderen. Sogar die alte Fürstin, die mit einem Beamten vom Iwerskitor eine Besprechung hatte, kam in den Salon – um zu sehen, was mit mir los war. Aber ich fühlte mich so glücklich, daß es mir gleich war, was man von mir dachte. Sinaida bevorzugte mich während des ganzen Abends und ließ mich kaum von ihrer Seite. Bei der Auslösung eines Pfandes mußten wir beide unsere Köpfe unter ein Tuch stecken. Unter diesem Tuch sollte ich Sinaida ein Geheimnis verraten. Ich weiß noch, wie unsere Köpfe von einem schwülen, dämmrigen, duftigen Halbdunkel umgeben waren, wie darin ihre Augen nahe und weich leuchteten, ihre offenen Lippen heiß atmeten und dabei die weißen Zähne sichtbar wurden, wie mich die Spitzen ihres Haars kitzelten, mich zu verbrennen schienen. Aber

ich brachte kein Wort heraus. Sie lächelte geheimnisvoll verschmitzt und flüsterte: »Nun!« Ich wurde rot und lachte, ich wandte mich ab – mir blieb der Atem weg.
Schließlich waren wir des Pfänderspiels müde; wir machten ein anderes Spiel. Mein Gott, wie glücklich war ich, als ich einmal nicht aufpaßte und sie mich dafür derb auf die Finger klopfte! Obwohl ich mich weiterhin absichtlich zerstreut anstellte, berührte sie meine Hände nicht mehr; sie neckte mich nur noch.
Was alles haben wir nicht im Laufe dieses Abends angestellt! Wir spielten Klavier, sangen und tanzten. Wir machten »Zigeunerlager«, und Nirmazkij wurde als Bär verkleidet und mit Salzwasser »getränkt«. Graf Malewskij zeigte die verschiedenartigsten Kartenkunststücke. Als Abschluß gab er sich ein Spiel Whistkarten, das sämtlich Trümpfe enthielt. Luschin »gab sich die Ehre«, ihm dafür seine besten Glückwünsche auszusprechen.
Und dann deklamierte Maidanow Verse aus seinem Gedicht »Der Mörder«. Die Romantik hatte damals ihren Höhepunkt erreicht. Das Buch sollte in einem schwarzen Umschlag mit blutroten Buchstaben erscheinen. Dann stibitzten wir dem Beamten vom Iwerskitor die Mütze vom Schoß. Er mußte sie mit einem Kasatschok* auslösen. Dem alten Wonifati setzten wir eine Frauenhaube

* Tanz

auf und der jungen Fürstin einen Männerhut. – Nur Belowsorow machte nicht mit. Er war wütend und machte ein böses Gesicht. Manchmal funkelten seine Augen vor Zorn, sein Gesicht wurde rot, und wir hatten den Eindruck, als wolle er sich auf uns alle stürzen und uns wie Holzscheite in die Gegend schleudern. In solchen Augenblicken warf ihm die junge Fürstin einen Blick zu, drohte mit dem Finger – und er zog sich wieder in seine Ecke zurück.

Aber schließlich wurden wir doch müde. Sogar die Fürstin, die – wie sie sagte – allerhand zu ertragen vermochte und die der Radau kaum störte, war müde geworden und wollte ihre Ruhe haben. Um Mitternacht wurde das Abendessen serviert. Es bestand aus einem Stück altem, ziemlich trockenem Käse und kalten Piroschki, die mit gehacktem Schinken gefüllt waren. Sie schmeckten mir besser als jede Pastete! Auf dem Tisch stand eine Flasche Wein; es war eine komische Flasche, fast schwarz, mit einem sehr weiten Hals. Der Wein schmeckte wie rosa Farbe – keiner trank davon. Müde und glücklich bis zur Erschöpfung verließ ich schließlich die Wohnung. Beim Abschied drückte mir Sinaida kräftig die Hand, und um ihren Mund spielte ein rätselhaftes Lächeln.

Schwer und feucht wehte die Nachtluft um mein erhitztes Gesicht. Anscheinend war ein Gewitter im Anzug.

Schwarze Wolken türmten sich und zogen über den Himmel. Sie sahen aus wie Rauch, und ihre Konturen veränderten sich immerzu. Unruhig rauschte der Wind in den dunklen Bäumen, und irgendwo am fernen Horizont grollte böse und dumpf der Donner.
Durch die Hintertür des Hauses schlich ich in mein Zimmer. Mein Diener lag schlafend auf dem Fußboden; ich mußte über ihn hinwegsteigen. Er wurde munter und sagte, meine Mutter sei sehr böse auf mich. Sie habe ihn sogar beauftragen wollen, mich zu holen, aber mein Vater habe sie zurückgehalten. Ich ging niemals schlafen, ohne meiner Mutter gute Nacht zu wünschen und um ihren Segen zu bitten. Zu spät für heute!
Dem Diener sagte ich, ich würde mich selbst ausziehen – und löschte die Kerze. Aber ich zog mich nicht aus und legte mich auch nicht ins Bett.
Lange Zeit saß ich, wie verzaubert, auf meinem Stuhl. Das, was ich fühlte, war so neu und so süß ... Ich saß ganz starr da, ich sah kaum um mich, ich wagte kaum zu atmen, hin und wieder lachte ich still vor mich hin, und manchmal fror ich innerlich bei dem Gedanken, daß ich verliebt sei – daß das also die Liebe sei. Im Dunkel schwebte Sinaidas Gesicht vor meinen Augen; es schwebte, aber es verschwand nicht. Ihre Lippen lächelten noch immer rätselhaft. Ihre Augen sahen mich von der Seite

an, fragend, verträumt und zärtlich – wie in dem Augenblick, als ich mich von ihr verabschiedete. Dann stand ich auf, ging auf den Zehenspitzen an mein Bett und ließ, ohne mich auszuziehen, meinen Kopf vorsichtig auf das Kissen sinken – ich hatte Angst, all das, was mich erfüllte, durch eine heftige Bewegung zu verscheuchen. Ich lag mit offenen Augen da. Plötzlich sah ich, daß mein Zimmer immer wieder von einem schwachen Lichtschein erhellt wurde. Ich hob den Kopf und blickte zum Fenster hinaus. Das Fensterkreuz hob sich deutlich von den rätselhaft matt schimmernden Scheiben ab. – Ein Gewitter, dachte ich. – Tatsächlich, es war ein Gewitter. Doch es war weit entfernt, so daß der Donner kaum zu hören war. Nur lange, verästelte schwache Blitze leuchteten ununterbrochen auf. Es war mehr ein Flimmern als ein Leuchten – wie die Flügel eines sterbenden Vogels. Ich stand auf, trat ans Fenster und blieb dort bis zum Morgengrauen stehen.

Das Leuchten hörte keine Sekunde auf. Es war eine Nacht, die man im Volksmund »Spatzennacht« nennt. Ich sah auf die schweigende Sandfläche, auf die dunkle Waldmasse des Njeskutschnyjparks, auf die gelblichen Fassaden ferner Häuser; es sah aus, als zuckten sie bei jedem Aufleuchten zusammen. – Ich schaute hinaus und konnte meine Blicke nicht abwenden. Diese lautlosen Blitze,

dieses verhaltene Aufflammen schienen die Antwort auf die stummen, geheimnisvollen Regungen zu sein, die auch in mir aufloderten. Es begann zu dämmern. Purpurne Flecken am Himmel kündigten die Morgenröte an; je höher die Sonne stieg, um so blasser und kürzer wurden die Blitze. Sie zuckten immer seltener und seltener auf und verschwanden schließlich völlig – ertrunken im ernüchternden, realen Licht des jungen Tages.

Auch in mir hörte das Wetterleuchten auf. Ich empfand eine große Müdigkeit; Stille war in mir – aber Sinaidas Bild schwebte noch immer vor meinen Augen, triumphierte über mein Herz. Nur – ruhiger schien dieses Bild geworden zu sein. Es löste sich, wie ein aus Moorgräsern aufsteigender Schwan, von den anderen häßlichen Gestalten. Und während ich einschlief, warf ich mich noch einmal vor ihm nieder, in Abschied nehmender, vertrauender Verehrung.

Sanfte Regungen, zarte Laute, Güte, Stillewerden der ahnenden Seele, aufkeimende Freuden der ersten sich regenden Liebe – wo seid ihr? Wo seid ihr?

VIII

Als ich am nächsten Morgen zum Frühstück erschien, zankte zwar meine Mutter, aber es war nicht so schlimm, wie ich erwartet hatte. Sie wollte wissen, wie ich den Abend zuvor verbracht hatte. Ich erzählte ihr einiges, ließ aber die meisten Einzelheiten weg und gab mir Mühe, alles sehr harmlos hinzustellen.

»Trotzdem – es sind keine Leute comme il faut«, sagte sie. »Ich möchte nicht, daß du bei ihnen herumsitzt, und ich rate dir, dich mehr um deine Prüfung zu kümmern.«

Ich hielt es nicht für angebracht, meiner Mutter eine Antwort zu geben, denn ich war überzeugt, daß ihre Sorge um mein Examen sich ausschließlich auf diese wenigen Worte beschränken würde. Nach dem Frühstück faßte mich mein Vater unter den Arm. Wir gingen in den Garten. Er wollte wissen, was ich gestern alles bei den Sassekins erlebt hatte.

Mein Vater hatte einen eigenartigen Einfluß auf mich – unser gegenseitiges Verhältnis war überhaupt ziemlich seltsam. Meine Erziehung kümmerte ihn wenig. Er sagte niemals kränkende Worte zu mir, er respektierte meine Freiheit, er war sogar – ich möchte fast sagen – höflich zu mir. Und dennoch war er sehr reserviert. Ich liebte ihn, ich bewunderte ihn, er schien mir das Ideal eines Mannes zu sein. Mein Gott, wie hätte ich ihm zugetan sein können, wäre nicht immer wieder seine abweisende Hand zu spüren gewesen! Er konnte, wenn er wollte, mit einem Wort, mit einer einzigen Geste unbeschränktes Vertrauen in mir erwecken. Mein Herz lag offen vor ihm, ich sprach mit ihm wie mit einem verständnisvollen Freund, wie mit einem nachsichtigen Lehrer. – Aber ebenso plötzlich ließ er mich wieder fallen, seine Hand wies mich zurück, zwar freundlich und liebenswürdig, aber sie wies mich zurück.

Manchmal war er auch fröhlich und bereit, ausgelassen mit mir zu spielen – wie ein Knabe, denn er liebte jede Art körperliche Bewegung. Einmal – aber auch nur ein einziges Mal – war er so zärtlich zu mir, daß mir fast die Tränen kamen. Doch seine Fröhlichkeit und seine Zärtlichkeit verflossen immer wieder ins Nichts, ließen keine Hoffnung für die Zukunft offen – es war, als sei alles nur ein Traum gewesen. Es kam vor, daß ich sein kluges, schönes, offenes Gesicht betrachtete – dann konnte mein Herz zittern, und all mein Inneres wandte sich ihm zu. Dann schien er zu fühlen, was in mir vorging, dann klopfte er mich im Vorübergehen auf die Backen; aber er blieb nicht stehen – er tat irgend etwas anderes. Oder er wurde kühl, wie nur er kühl werden konnte. Dann wandte ich mich ebenfalls von ihm ab. Diese seltenen Äußerungen seiner Zuneigung wurden nie durch mein stummes, aber wohl doch fühlbares Flehen hervorgerufen – sie kamen immer überraschend. Als ich später einmal über den Charakter meines Vaters nachdachte, kam ich zu dem Ergebnis, daß er weder Interesse an einem Familienleben noch an mir hatte. Er liebte andere Dinge und genoß diese anderen Dinge. »Nimm, was du nehmen kannst, aber gib dich keinem in die Hand, gehör dir selber – das ist der Witz des Lebens«, sagte er einmal zu mir. Ein anderes Mal äußerte ich mich als junger Demokrat in seiner Anwesenheit über das Wesen der Freiheit. Er war an diesem Tage, wie ich es nannte, »gut«. An solchen Tagen konnte man über alles mit ihm sprechen.

»Freiheit? Weißt du, was dem Menschen diese Freiheit gibt?«

»Was?«

»Der Wille, der eigene Wille. Er gibt Macht – und die ist besser als Freiheit. Du mußt wollen können, dann wirst du auch frei sein – und kannst herrschen.«

Vor allem aber wollte mein Vater leben – und er lebte! Vielleicht ahnte er, daß er nicht lange den »Witz des Lebens« genießen würde: er starb mit zweiundvierzig Jahren.

Ich schilderte ihm ausführlich meinen Besuch bei Sassekins. Wir saßen auf einer Bank. Teils aufmerksam, teils zerstreut hörte er zu und zeichnete dabei mit seiner Reitgerte Figuren in den Sand. Ab und zu lachte er auf, oder er sah mir offen und belustigt in die Augen und forderte mich durch kurze Zwischenfragen oder Erwiderungen heraus. Zu Anfang meiner Erzählung hatte ich nicht gewagt, Sinaidas Namen zu erwähnen, aber dann konnte ich mich doch nicht beherrschen – und schwärmte von ihr.

Mein Vater lächelte vor sich hin, aber schließlich sagte er nichts mehr, er stand auf und reckte sich.

Als wir aus dem Haus traten, hatte er befohlen, sein Pferd zu satteln. Er war ein ausgezeichneter Reiter und konnte die wildesten Pferde bändigen.

»Darf ich mitreiten, Vater?« fragte ich.

»Nein«, sagte er; sein Gesicht hatte wieder den üblichen, freundlich-gleichgültigen Ausdruck. »Reite allein, wenn du willst, und sage dem Stallburschen, daß ich es mir anders überlegt habe.«

Er drehte sich um und ging schnell davon. Ich sah ihm nach. Er ging durch das Tor. Hinter den Sträuchern des Zaunes bemerkte ich, wie sein Hut auf und nieder wippte. Er war auf dem Weg zu Sassekins.

Eine knappe Stunde blieb er dort, dann fuhr er in die Stadt und kam erst gegen Abend wieder zurück.

Nach dem Mittagessen war ich ebenfalls bei Sassekins gewesen. Im Salon saß nur die alte Fürstin. Als sie mich sah, fuhr sie mit der Stricknadel unter die Haube und kratzte sich. Dann fragte sie, ob ich ihr ein Gesuch ins reine schreiben würde. »Mit Vergnügen«, sagte ich und setzte mich auf den Rand eines Stuhles.
»Aber bitte recht deutlich schreiben«, meinte die Fürstin und gab mir einen unsauberen Bogen. »Können Sie es noch heute machen?«
»Ich werde sofort anfangen.«
Da wurde ein wenig die Tür des Nebenzimmers geöffnet. In dem schmalen Spalt sah ich Sinaidas Gesicht. Sie schien an irgend etwas zu denken, war blaß und hatte das Haar unordentlich nach hinten gekämmt. Ihre großen kühlen Augen sahen mich einen Augenblick lang an. Dann schloß sie wieder leise die Tür.
»Sina! Eh, Sina!« rief die Alte. Aber Sinaida gab keine Antwort. Ich nahm das Gesuch mit heim und hatte den ganzen Abend daran zu arbeiten.

IX

Mit diesem Tage begann meine »Leidenschaft«. Ich kann mich noch sehr gut erinnern – mir war damals zumute wie einem Menschen, der zum ersten Male einen Dienst antritt. Ich hatte aufgehört, ein Knabe zu sein – ich war verliebt! Mit diesem Tage begann meine »Leidenschaft«, sagte ich. Ich möchte hinzufügen, mit demselben Tage begannen auch meine Leiden. War Sinaida nicht in meiner Nähe, schien mich die Sehnsucht zu verzehren. In meinem Kopf war Leere, was ich tat, war falsch. Ich dachte nur noch an sie und sehnte mich nur nach ihr. Aber es war auch nicht anders, wenn ich bei ihr war. Ich wußte, ich war ein Nichts, ich schmollte wie ein Narr, und doch zog mich immer wieder eine unwiderstehliche Macht zu ihr hin – die Schwelle ihres Zimmers überschritt ich jedesmal wieder mit einem neuen Schauer des Glücks. Sinaida wußte, daß ich in sie verliebt war, und ich dachte nicht daran, meine Liebe zu verbergen. Ihr jedoch machte meine Verliebtheit Spaß. Sie machte einen Narren aus mir, sie verwöhnte mich – und quälte mich. Es ist eine Wonne, die einzige Quelle, die grenzenlose und demütige Ursache höchster Freude und tiefsten Leides für den anderen zu sein! Ich war in Sinaidas Händen weiches Wachs. Übrigens, ich war nicht der einzige, der in sie verliebt war. Jeder Mann, der das fürstliche Haus besuchte, war wahnsinnig in sie vernarrt. Sie hatte alle am Gängelband, jeder lag ihr zu Füßen. Es machte ihr Spaß, in jedem Hoffnung zu nähren und Befürchtungen zu erwecken, sie nach ihrer Pfeife tanzen zu lassen. Das nannte sie: die Menschen »aneinander reiben«. Aber keiner dachte daran, aufzumucken; jeder fügte sich ihr nur zu gern. Ihr lebensbejahendes, reizvolles Wesen war eine bestrickende Mischung von Schläue und Unbekümmertheit, von Ziererei und Bescheidenheit, von Gleichgültigkeit und Lebhaftigkeit. Über allen ihren Bewegungen schwebte eine stille, leichte Anmut, eine eigenartig spielerische Kraft. Auch ihr Gesicht änderte sich immerzu, es spielte ebenfalls. Spott, Überlegung und Leidenschaft sprachen oft gleichzeitig aus ihm. Die verschiedenartigsten Gefühle, leicht und schnell wie die Schatten der Wolken an windigen Sonnentagen, liefen über ihre Augen und Lippen. Sie wollte keinen ihrer Verehrer missen. Belowserow, den sie manchmal »mein Tier«, manchmal auch nur »Meiner« nannte, wäre jederzeit für sie durchs Feuer gegangen. Er wußte, mit seinen geistigen Fähigkeiten und seinen sonstigen Vorzügen hätte er sie nie erobern können. Aus diesem Grunde allein machte er ihr immer wieder Heiratsanträge, um anzudeuten, daß die anderen doch nur mit ihr spielten.

Maidanow ließ die dichterischen Saiten ihrer Seele anklingen. Wie die meisten Schriftsteller, war er ein Mann von ziemlich kühlem Temperament. Er versuchte sie davon zu überzeugen, daß er sie wahrhaft anbete – vielleicht war er sogar selbst davon überzeugt. Er besang sie in endlosen Versen, die er mit falscher und ehrlicher Begeisterung vortrug. Einesteils zeigte sie Interesse, anderntheils machte sie sich aber auch über ihn ein wenig lustig. Überzeugt war sie jedoch von seinen leidenschaftlichen Ergüssen nicht. Wenn sie davon genug hatte, mußte er ihr Gedichte von Puschkin vorlesen, damit – wie sie sagte – die Luft wieder sauber werde.

Luschin, der spöttische, zynische Doktor, kannte sie am besten von allen, und er liebte sie wohl auch aufrichtiger als die anderen – obwohl er sie oft in ihrem Beisein, wie auch hinter ihrem Rücken, tadelte. Sie schätzte ihn, hatte ihn aber auch fest in der Hand. Das ließ sie ihm oft mit ausgesprochener Schadenfreude fühlen. »Ich bin kokett, ich habe kein Herz, ich bin eine Komödiantennatur«, sagte sie einmal in meinem Beisein zu ihm. »Geben Sie mir Ihre Hand, ich werde eine Nadel hineinstechen, ich will Sie vor diesem jungen Mann demütigen, und es wird Ihnen weh tun. Aber trotzdem werden

Sie, mein Herr, der Sie ein aufrichtiger Mensch sein wollen, dazu lachen.« Luschin bekam einen roten Kopf. Er wandte sich von ihr ab, biß sich auf die Lippen und – hielt ihr die Hand hin. Sie stach zu. Tatsächlich: er lachte – und sie lachte ebenfalls, während sie die Nadel ziemlich tief in seine Hand stach. Sie sah ihm in die Augen, er versuchte vergebens, ihrem Blick auszuweichen.

Am unklarsten war mir das Verhältnis Sinaidas zu Graf Malewskij. Er sah gut aus, war weltgewandt und klug. Aber etwas Fragwürdiges, etwas Falsches glaubte sogar ich, der sechzehnjährige Junge, in ihm zu sehen. Ich war erstaunt, daß Sinaida das nicht auch sah. Oder war ihr diese Falschheit bewußt und sie verabscheute sie nicht? Eine falsche Erziehung, seltsame Bekannte, komische Angewohnheiten, die ständige Gesellschaft der Mutter, Armut und liederliche Häuslichkeit, all dies und die Freiheit, die das junge Mädchen genoß – gepaart mit dem Bewußtsein der Überlegenheit –, hatten in ihr gleichgültige Nachlässigkeit und Anspruchslosigkeit aufkommen lassen. Sagte Wonifati, der Zucker sei alle, kam ihr häßlicher Klatsch zu Ohren oder zankten sich sogar ihre Gäste – sie schüttelte nur die Locken und sagte: »Dummes Zeug!« Es interessierte sie nicht.

Wenn Malewskij zu ihr trat, fing mein Blut an zu sieden.

Er schlich an sie heran wie ein listiger Fuchs, er stützte sich lässig auf die Rückenlehne ihres Stuhles, flüsterte ihr mit selbstgefälligem, schmeichelndem Lächeln etwas in das Ohr – und sie kreuzte die Arme über die Brust, sah ihn lächelnd an und nickte.

Eines Tages fragte ich sie: »Machen Ihnen die Besuche dieses Grafen Malewskij wirklich Spaß?«

»Er hat doch einen sehr hübschen Schnurrbart«, gab sie zur Antwort. »Im übrigen geht Sie das gar nichts an.«

Ein anderes Mal sagte sie: »Glauben Sie etwa, ich liebe ihn? – Nein, ich könnte nie einen Menschen lieben, auf den ich herabsehe. Ich brauche einen Mann, der mich überwindet – aber ob ich den jemals finde? Einem solchen werde ich wohl nie in die Hände fallen – denn Gott ist gnädig.«

»Sie haben also nicht die Absicht, sich jemals zu verlieben?«

»Und Sie? Liebe ich Sie nicht?« fragte Sinaida und schlug mich mit dem Handschuh auf die Nase.

Ja, Sinaida trieb oft Schabernack mit mir. Drei Wochen lang sah ich sie jeden Tag – und was machte sie in dieser Zeit nicht alles mit mir? Zu uns kam sie nur selten. Aber das bedauerte ich nicht, denn in unserem Hause spielte sie die Dame, die Fürstin – und ich wagte nicht, mit ihr zu sprechen. Außerdem befürchtete ich, die Mutter könne etwas merken, denn sie mochte Sinaida nicht und beobachtete uns mißtrauisch. Den Vater fürchtete ich nicht so sehr. Er übersah mich meistens. Auch mit ihr sprach er nicht oft; aber wenn sie miteinander sprachen, verwandte er häufig sehr gewählte Ausdrücke.

Ich arbeitete nicht mehr, ich las nicht mehr, ja, ich ging sogar nicht mehr spazieren und ritt auch nicht mehr aus. Wie ein Käfer, den man am Bein festgebunden hat, umkreiste ich das »geliebte Haus«. Am liebsten wäre ich für immer darin geblieben. Aber das war unmöglich. Meine Mutter brummte, weil ich zu oft fortging, und Sinaida jagte mich manchmal davon. Dann schloß ich mich in mein Zimmer ein oder verkroch mich in die entlegenste Ecke unseres Gartens und stieg auf die hohe, noch erhalten gebliebene Steinmauer des zerfallenen Treibhauses. Stundenlang konnte ich dort sitzen. Ich ließ meine Beine auf die Straßen hinunterbaumeln und sah, und sah – und sah doch nichts. Neben mir, in den staubigen Brennesseln, flatterten träge weiße Schmetterlinge. – Oder ein lustiger Spatz setzte sich in meiner Nähe auf einen zerbrochenen roten Ziegelstein und drehte sich immer wieder – mit gespreiztem Schwänzchen – um sich selbst. Die noch immer mißtrauischen Krähen ließen von Zeit zu Zeit ihr Krächzen hören; sie saßen oben, ganz oben in der Spitze einer lichten Birke, während Sonne und

Wind in den dürftigen Zweigen spielten. – Oder ruhig, fast zaghaft schwebte der Klang der Glocken vom Donskikloster zu mir herüber. Ich saß da, sah um mich, lauschte, war erfüllt von einem Gefühl, das keinen Namen hatte, das alles enthielt: Trauer und Freude, Ahnung des Kommenden, Freude am Leben und Angst vor diesem Leben. Aber damals begriff ich das alles noch nicht. Ich hätte niemals vermocht, jenem, das in mir vorging, einen Namen zu geben. – Oder ich hätte all dem nur einen Namen geben können: Sinaida.

Aber sie spielte mit mir wie die Katze mit einer Maus. Sie kokettierte mit mir, und ich war hingerissen. – Oder sie stieß mich von sich, daß ich nicht wagte, in ihre Nähe zu kommen, daß ich nicht wagte, sie anzusehen.

Ich weiß noch, einmal war sie ein paar Tage recht kühl zu mir gewesen. Ich war ganz scheu geworden, und wenn ich feige in das Nebengebäude schlich, blieb ich in der Nähe der alten Fürstin, obwohl sie damals ziemlich böse war und viel schimpfte; sie war ein paarmal von der Polizei vernommen worden.

Eines Tages ging ich in den Garten, am Zaun entlang. Da sah ich plötzlich Sinaida. Sie saß regungslos im Gras und stützte sich auf beide Arme. Ich wollte mich lautlos entfernen, aber da hob sie plötzlich den Kopf und winkte mich heran. Wie angewurzelt blieb ich stehen; ich wußte nicht, was sie wollte. Sie winkte noch einmal. Diesmal sprang ich, ohne zu zögern, über den Zaun und ging freudig auf sie zu. Aber ihr Blick gebot mir Halt. Sie wies mit der Hand auf den Weg, zwei Schritt von ihr entfernt. Ich war verlegen und wußte nicht, was ich tun sollte. Deshalb kniete ich am Rande des Weges nieder. Sie war blaß, bittere Trauer, tiefe Niedergeschlagenheit sprachen aus ihrem Gesicht. Mein Herz krampfte sich zusammen, und flüsternd fragte ich: »Was ist mit Ihnen?«

Sinaida griff nach einem Grashalm, riß ihn aus der Erde, zerbiß ihn und warf ihn fort, so weit sie konnte.

»Lieben Sie mich sehr, ja?« fragte sie dann.

Ich gab keine Antwort. Warum sollte ich antworten?

»Ja?« wiederholte sie und sah mich noch immer an. »Ja, es stimmt, die gleichen Augen . . .« Sie verstummte und hielt die Hände vor das Gesicht. »Ach, es ist alles so häßlich!« flüsterte sie. »Ich könnte bis ans Ende der Welt laufen, ich kann das nicht mehr ertragen, ich kann nicht mehr . . . Und was wird werden? – Ach, es ist so schwer – mein Gott, so schwer!«

»Warum?« fragte ich schüchtern.

Sinaida antwortete nicht, sie zuckte nur mit den Schultern. Ich kniete noch immer und sah sie verzweifelt an. Jedes ihrer Worte tat meinem Herzen weh. Ich glaube, in diesem Augenblick hätte ich mein Leben hingegeben, um sie von ihrem Kummer zu erlösen. Ich sah sie an – wußte ich auch nicht den Grund ihres Schmerzes, so stellte ich mir doch lebhaft vor, wie sie, von überwältigendem Kummer gepackt, in den Garten gelaufen und dort – wie von einer Sense erfaßt – in das Gras gesunken war. Ringsum war alles grün und hell. Der Wind raschelte in den Blättern der Bäume und bewegte ab und zu einen langen Himbeerzweig über Sinaidas Kopf. Irgendwo gurrten Tauben. Bienen summten durch das lichte Gras, oben leuchtete freundlich das Blau des Himmels – und ich war traurig . . .

»Deklamieren Sie ein paar Verse«, sagte Sinaida leise; sie stützte sich auf den Ellbogen. »Ich liebe es, wenn Sie Gedichte vortragen. Ihre Stimme singt zwar noch etwas, aber das macht nichts, das gehört zur Jugend. Deklamieren Sie ›Auf Grusiens Hügeln‹.« Sie setzte sich.

Auch ich setzte mich hin.

»›Weil's ihm unmöglich, nicht zu lieben‹«, wiederholte Sinaida den Schlußvers des Gedichtes. »Das ist das Schöne an der Dichtung, sie spricht von dem, was nicht existiert, was besser ist als die Wirklichkeit, was der Wahrheit näherkommt . . . ›Weil's ihm unmöglich, nicht zu lieben‹ – er möchte nicht lieben, aber er muß.« Sie verstummte, um plötzlich wie aus einem Traum zu erwachen. Sie stand auf. »Gehen wir, Maidanow ist bei Mama. Er brachte

ein neues Gedicht, aber ich bin davongelaufen. Sicher ist er jetzt bekümmert – aber was kann ich dafür? – Einmal werden auch Sie es erfahren, denken Sie dann nicht schlecht von mir.«

Sinaida drückte mir flüchtig die Hand und ging voraus.

Maidanow las uns aus dem soeben erschienenen Band »Der Mörder« vor. Aber ich hörte kaum zu. Singend schrie er die vierfüßigen Jamben hinaus; die Reime klangen wie Schellen, hohl und laut. Immer wieder sah ich Sinaida an, versuchte den Sinn ihrer Worte zu deuten.

»›Hat dich ein heimlicher Rivale so unvermutet unterworfen?‹« sagte plötzlich Maidanow mit näselnder Stimme.

Unsere Blicke trafen sich; sie errötete – und wich mir aus.

Als mir dieses Erröten klar wurde, überlief es mich kalt. Ich war schon immer eifersüchtig gewesen, aber erst jetzt schoß mir durch den Kopf: Sie liebt! Mein Gott, sie ist verliebt!

X

In diesem Augenblick begannen meine wahren Qualen. Ich zerbrach mir den Kopf und überlegte, ich beobachtete Sinaida unablässig und unauffällig. Sie war eine andere geworden, das war klar. Jetzt machte sie lange, einsame

Spaziergänge. Und wenn Gäste da waren, ließ sie sich oft nicht blicken; sie konnte stundenlang in ihrem Zimmer sitzen. Früher hatte sie das nie getan.
Da wurde ich plötzlich argwöhnisch. Oder schien es mir nur so? Ist es der? Oder vielleicht jener? Voll innerlicher Unruhe ließ ich alle ihre Verehrer an meinem geistigen Auge vorüberziehen. Graf Malewskij – ich schäme mich fast vor Sinaida, dies einzugestehen – schien mir der gefährlichste. Doch meine Beobachtungsgabe reichte nicht weiter als meine Nase, denn meine geheimen Gedanken hatten die anderen, wie mir schien, bald durchschaut; zumindest Dr. Luschin. – Übrigens, auch er hatte sich in der letzten Zeit verändert, er war schlauer geworden. Zwar lachte er noch genauso oft wie früher, aber dieses Lachen war klangloser, grimmiger, trockener. An Stelle der früheren lockeren Ironie und des scheinbaren Zynismus war eine nervöse Gereiztheit getreten.
»Was wollen Sie immer hier, junger Mann?« sagte er eines Tages, als wir beide allein im Salon saßen. Die junge Fürstin war spazierengegangen, und im Obergeschoß beschimpfte die Alte mit schriller Stimme das Dienstmädchen. »Lernen Sie lieber, arbeiten Sie, solange Sie noch jung sind! Aber was tun Sie?«
»Woher wollen Sie wissen, daß ich zu Hause nicht arbeite?« fragte ich arrogant, obwohl ich verlegen war.

»Das nennen Sie Arbeit? Ganz andere Dinge haben Sie im Kopf. Gut, ich will mich nicht mit Ihnen streiten – der Zustand ist in Ihrem Alter selbstverständlich. Aber Sie haben keine glückliche Wahl getroffen. Sehen Sie denn nicht, was für Menschen das sind?«

»Ich verstehe Sie nicht«, antwortete ich.

»Sie verstehen mich nicht? Um so trauriger für Sie. Ich halte es für meine Pflicht, Sie zu warnen. Ich bin ein alter Junggeselle, was kann unsereinem schon passieren, wenn man hierherkommt? Wir haben ein dickes Fell, aber Ihre Haut ist noch zart. Diese Luft taugt nicht für Sie, man kann sich leicht infizieren.«

»Wieso?«

»Wieso? Sind Sie vielleicht gesund? Ist das Ihr normaler Zustand? Ist das, was Sie jetzt empfinden, gut und zu Ihrem Besten?«

»Kennen Sie meine Gefühle?« sagte ich, obwohl mir bewußt war, daß er recht hatte.

»Ach, junger Mann, junger Mann!« Er betonte die Worte so eigenartig, daß sie fast beleidigend klangen. »Verstellen Sie sich doch nicht. Was in Ihrer Seele vor sich geht, kann man – Gott sei Dank – noch in Ihrem Gesicht lesen. Aber warum diese vielen Worte? Käme ich denn hierher, wenn – der Doktor preßte die Zähne aufeinander – wenn ich nicht genauso ein Narr wäre wie Sie? Schleierhaft ist mir nur, daß Sie – bei Ihrem Verstand – nicht sehen, was hier geschieht.«

»Was geschieht hier denn?« griff ich diesen Gedanken interessiert auf.

Mit sichtbar spöttischem Mitleid sah der Doktor mich an. »Dummes Zeug!« knurrte er vor sich hin. »Ich hätte schweigen sollen.« Dann sagte er lauter: »Ich wiederhole, diese Atmosphäre ist nicht gut für Sie. – Es gefällt Ihnen hier? – Das ist noch lange kein Beweis. In einem Treibhaus riecht es wohl angenehm, aber wohnen kann man darin nicht. He – hören Sie, hocken Sie sich lieber hinter Ihren Kaidanow!«

Die alte Fürstin trat in das Zimmer und klagte über Zahnschmerzen. Kurz darauf kam auch Sinaida.

»Herr Doktor, zanken Sie Sinaida aus, sie trinkt den ganzen Tag Eiswasser. Ist das gut bei ihrem schwachen Gesundheitszustand?«

»Warum tun Sie das?« fragte Luschin.

»Was kann das schon schaden?«

»Oh, Sie können sich erkälten und – sterben!«

»Wirklich? – Und wennschon? Habe ich es anders verdient?«

»So also steht es?« brummte der Doktor. Die Alte seufzte und ging aus dem Zimmer.

»Ja, so steht es«, wiederholte Sinaida. »Macht denn

dieses Leben Spaß? Schauen Sie sich doch um! – Herrlich was? – Glauben Sie, ich sehe dies alles nicht, empfinde nichts dabei? Es macht mir nun einmal Vergnügen, Wasser mit Eis zu trinken. Wollen Sie wirklich ernstlich behaupten, ein solches Leben wäre es wert, es wegen eines kurzen Vergnügens nicht aufs Spiel zu setzen? Von Glück will ich gar nicht reden.«

»Jaja«, sagte Luschin. »Launen und Freiheit – das sind Sie. Ihr ganzes Wesen liegt in diesen beiden Worten.«

Sinaida lachte schrill.

»Zu spät, lieber Doktor! Sie sind ein schlechter Beobachter, Sie sind nicht ganz auf dem laufenden – Sie sollten eine Brille tragen. Jetzt habe ich andere Sorgen als Launen. Sie zum Narren halten – mich zum Narren halten: ein herrlicher Spaß! Und was meine Freiheit betrifft ... Monsieur Woldemar ...«, Sinaida stampfte plötzlich mit dem Fuß auf, » ... Monsieur Woldemar, warum machen Sie so ein melancholisches Gesicht? Ich mag es nicht, wenn man mich bemitleidet.« Sie ging schnell aus dem Zimmer.

»Eine schlechte Atmosphäre für Sie, junger Mann«, sagte Luschin nochmals zu mir.

XI

Am Abend desselben Tages waren bei Sassekins die üblichen Gäste; auch ich gehörte dazu.

Man sprach von Maidanows Gedicht. Sinaida lobte es aufrichtig. »Doch wenn ich ein Dichter wäre, würde ich andere Themen wählen. Mag sein, daß ich Unsinn rede, aber ich habe oft seltsame Gedanken, wenn ich nicht schlafen kann – vor allem vor dem Morgengrauen, wenn der Himmel rosa und grau wird. Ich würde zum Beispiel ... Sie lachen mich doch nicht aus?«

»Nein! Nein!« riefen wir alle fast gleichzeitig.

Sie kreuzte die Arme über die Brust und sah an uns vorbei. »Ich würde eine Anzahl junge Mädchen schildern, nachts, in einem großen Boot, auf einem stillen Fluß. Der Mond scheint. Die Mädchen sind ganz in Weiß gekleidet und tragen Kränze aus weißen Blumen auf den Köpfen. Sie singen, wissen Sie, eine Art Hymne.«

»Gut, gut – weiter«, sagte Maidanow verträumt und doch mit Nachdruck.

»Plötzlich Lärm, Lachen, Fackeln, Tamburinrasseln am Ufer. – Bacchantinnen sind es, sie singen und lärmen. Und nun, Herr Dichter, ist es Ihre Sache, das Bild weiter auszumalen. Ich würde raten: rote, rauchende Fackeln, blitzende Augen der Bacchantinnen unter den Kränzen – die Kränze müßten dunkel sein. Und vergessen Sie nicht die Tigerfelle und Pokale – und Gold, recht viel Gold!« — »Wohin denn mit dem vielen Gold?« fragte Maidanow, warf das glatte Haar zurück und holte tief Luft.

»Wo? Auf den Schultern, auf den Armen, auf den Beinen – überall. Man sagt, im Altertum trugen die Frauen goldene Reifen um die Fesseln. Die Bacchantinnen locken die Mädchen ans Ufer. Sie haben aufgehört zu singen – sie können nicht mehr singen, sie sitzen nur starr da. Die Strömung trägt sie an das Ufer. Plötzlich erhebt sich eines der Mädchen. – Das müßte sehr ausführlich und genau geschildert werden: wie sie im Schein des Mondes ruhig sich erhebt, wie die Freundinnen erschrecken – wie sie über den Rand des Bootes schwebt. – Die Bacchantinnen umringen sie, nehmen sie mit in die Nacht, in die Dunkelheit. – Rauchschwaden steigen auf, alles versinkt darin, nur noch das Lärmen ist zu hören. Der Kranz des Mädchens aber liegt am Ufer . . .« Sinaida verstummte.

Ach, sie ist verliebt! dachte ich wieder.

»Ist das alles?« fragte Maidanow.

»Alles«, gab Sinaida zur Antwort.

»Das ist kein Thema für eine größere Dichtung«, meinte

er fast herablassend. »Aber für ein lyrisches Gedicht könnte man die Idee verwenden.«
»Für ein romantisches Gedicht?« fragte Malewskij.
»Natürlich, ein romantisches – im Stile von Byron.«
»Hugo wäre mir lieber als Byron«, entgegnete nonchalant der junge Graf, »er ist interessanter.«
»Hugo ist ein erstklassiger Schriftsteller. Und mein Freund Tonkoschejew schreibt in seinem spanischen Roman ›El Toreador‹ . . .«
»Ach, das ist doch das Buch mit den umgekehrten Fragezeichen?« unterbrach Sinaida ihn.
»Ja, das machen die Spanier so – ich wollte sagen, daß Tonkoschejew . . .«
»Wollt ihr euch wieder über Klassizismus und Romantik streiten?« unterbrach Sinaida zum zweiten Male das Gespräch. »Spielen wir lieber!«
»Ein Pfänderspiel?« griff Luschin den Vorschlag auf.
»Nein, Pfänderspiele sind zu langweilig. Machen wir lieber das ›Vergleichsspiel‹, ja?« Dieses Spiel hatte Sinaida selbst erfunden. Es wurde irgendein Gegenstand genannt, und jeder Mitspieler mußte ihn mit etwas anderem, ähnlichem vergleichen. Derjenige, der den besten Vergleich fand, bekam einen Preis. Sinaida trat ans Fenster. Die Sonne war gerade untergegangen. Hoch am Himmel standen lange rote Wolken.

»Womit kann man diese Wolken vergleichen?« fragte Sinaida. Ohne unsere Antworten abzuwarten, fuhr sie fort: »Ich meine, sie gleichen den purpurnen Segeln des goldenen Schiffes, mit dem Kleopatra ihrem Antonius entgegenfuhr. Wissen Sie noch, Maidanow, Sie erzählten mir vor einiger Zeit davon?«

Wie Polonius in »Hamlet« waren alle der Meinung, daß diese Wolken tatsächlich wie Segel aussahen. Ein besserer Vergleich war nicht zu finden.

«Wie alt war Antonius damals?« fragte Sinaida.

»Auf jeden Fall ein noch junger Mann«, meinte Malewskij.

»Ja, er war noch jung«, versicherte auch Maidanow.

»Pardon, er war bereits über vierzig«, stellte Luschin richtig.

»Über vierzig . . .« wiederholte Sinaida und warf ihm einen flüchtigen Blick zu.

Kurz darauf ging ich heim. »Sie ist verliebt«, formten unwillkürlich meine Lippen, »– aber in wen?«

XII

Die Tage gingen dahin. Sinaida wurde immer eigenartiger, immer unverständlicher. Eines Tages trat ich in ihr Zimmer. Sie saß auf einem strohgeflochtenen Stuhl und preßte den Kopf an die scharfe Kante des Tisches. Als sie sich aufrichtete, war ihr ganzes Gesicht in Tränen gebadet.

»Ah – Sie?« sagte sie mit einem nahezu hart anmutenden Lächeln. »Kommen Sie näher.«

Ich trat an sie heran, und sie legte mir die Hände auf den Kopf. Dann griff sie plötzlich in meine Haare und zerrte daran.

»Das tut weh«, sagte ich.

»So? Es tut weh? Aber mir tut nichts weh? Gar nichts weh?« wiederholte sie nochmals. »Ei!« sagte sie plötzlich, als sie bemerkte, daß sie mir ein paar Haare herausgerissen hatte. »Was habe ich getan, armer Monsieur Woldemar?«

Vorsichtig legte sie die Haare zusammen, wickelte sie um einen Finger und machte eine Locke daraus.

»Ich werde die Haare in mein Medaillon legen – und tragen.« In ihren Augen blitzten noch immer Tränen. »Als Trost – und nun, adieu!«

Zu Hause erlebte ich einen peinlichen Auftritt zwischen Vater und Mutter. Sie machte ihm Vorwürfe, aber wie üblich, schwieg er kühl und höflich. Kurz darauf ging er fort. Ich hatte nicht verstehen können, wovon Mutter gesprochen hatte; es interessierte mich auch nicht. Ich weiß nur noch, daß sie mich nach der Auseinandersetzung in ihr Zimmer kommen ließ und mir sagte, sie sei unzufrieden mit mir – wegen meiner Besuche bei der Fürstin; sie sei une femme, capable de tout. Ich küßte ihr die Hand. Das tat ich immer, wenn ich ihre Vorwürfe beenden wollte. Ich ging in mein Zimmer. Sinaidas Tränen hatten mich erschüttert. Ich wußte nicht, was ich davon denken sollte, am liebsten hätte ich auch geweint; denn trotz meiner sechzehn Jahre war ich immerhin noch ein Kind. An Malewskij dachte ich kaum noch, obwohl Belowsorow sich von Tag zu Tag ihm gegenüber herausfordernder benahm und den aalglatten Grafen mit bösen Blicken bedachte – wie ein Wolf ein Schaf. Ich verdächtigte keinen bestimmten, ich hatte nur meine Vermutungen. In diesen Tagen hielt ich mich an einsamen Plätzen auf. Besonders gern besuchte ich die Treibhausruine. Oft saß ich auf der Mauer – ein unglücklicher, verlassener, trauriger junger Mensch, der mit sich selbst Mitleid hatte, dem diese Traurigkeit guttat, der sich an ihr berauschte. Eines Tages saß ich auch wieder dort, blickte in die Ferne und lauschte dem Geläut der Glocken. Plötzlich verspürte ich etwas. War es der Wind, war es ein Zittern? Es war wie ein Hauch, als sei etwas Fremdes in meiner Nähe. Ich sah nach unten. Über den Weg eilte Sinaida, sie trug ein leichtes graues Kleid, der rosafarbene Schirm lag auf ihrer Schulter. Als sie mich erblickte, blieb sie stehen, bog den Rand ihres Strohhutes zurück und sah mich mit ihren Samtaugen an.

»Was machen Sie denn dort oben?« fragte sie mit eigenartigem Lächeln. »Sie behaupten, Sie lieben mich? Gut, wenn das wahr ist, springen Sie doch herunter!«

Sinaida hatte kaum ausgesprochen, da lag ich auch schon unten – als ob mich jemand hinuntergestoßen hätte. Die Mauer war etwa zwei Sashen* hoch. Ich kam zwar auf die Füße, aber die Wucht des Falles war so stark, daß ich mich nicht halten konnte. Ich stürzte und verlor für einige Augenblicke das Bewußtsein. Als ich wieder zu mir kam, wußte ich – obwohl ich die Augen noch nicht geöffnet hatte –, daß Sinaida ganz dicht neben mir kniete. Sie neigte sich über mich und sagte: »Mein lieber Junge!« Aus ihrer Stimme klang besorgte Zärtlichkeit. »Warum hast du das getan? Warum hast du getan, was ich befahl? – Ich liebe dich – steh auf!«

* Russisches Längenmaß. 1 Sashen = 2,1336 m.

Ich fühlte die Bewegungen ihrer Brust, ihre Hände streichelten meinen Kopf, und plötzlich – ich weiß nicht, wie mir geschah – küßten ihre frischen, weichen Lippen mein Gesicht und berührten meine Lippen. Aber da schien Sinaida am Ausdruck meines Gesichtes zu merken, daß ich wieder bei Besinnung war, obwohl ich die Augen noch immer geschlossen hatte. Sie erhob sich hastig und sagte: »Stehen Sie auf, Sie wilder Bursche, Sie Unvernünftiger – Sie liegen mitten im Staub!« Ich stand auf. »Bringen Sie mir meinen Schirm – sehen Sie, wie weit er davongeflogen ist? Warum sehen Sie mich so an? Was soll denn dieser Unsinn? Haben Sie sich weh getan? Haben Sie sich an den Brennesseln gebrannt? Ich habe Ihnen doch gesagt, Sie sollen mich doch nicht so ansehen. – Er scheint mich nicht zu verstehen, er gibt keine Antwort«, sagte sie dann mehr zu sich selbst. »Gehen Sie heim, Monsieur Woldemar, reinigen Sie Ihren Anzug, aber laufen Sie mir nicht nach, dann werde ich böse, und nie . . .«

Sie vollendete den Satz nicht und lief schnell davon. Da mir die Beine noch immer zitterten, setzte ich mich wieder. An den Nesseln hatte ich mir die Hände gebrannt, der Rücken tat mir weh, mir wurde schwindelig. Doch das Wonnegefühl dieses Kusses empfand ich niemals wieder in meinem späteren Leben. Ein süßer Schmerz ging durch alle meine Glieder. Ich sprang vor lauter Glück auf, ich schrie dieses Glück in die Luft – ich war ja noch ein Kind.

XIII

Während des ganzen Tages war ich glücklich und stolz. Ganz deutlich fühlte ich noch immer Sinaidas Küsse auf meinem Gesicht, mit Wonne dachte ich an jedes ihrer Worte – ich hegte und pflegte mein unverhofftes Glück, daß mir fast angst wurde. Ich hatte noch nicht einmal den Wunsch, sie zu sehen – sie, die Schuldige an diesem neuen Gefühl. Damals glaubte ich, nichts mehr vom Schicksal fordern zu dürfen. Nur noch einmal tief seufzen und – sterben. Dafür bedrückte mich am nächsten Tag, als ich die fürstliche Wohnung betrat, eine erhebliche Verlegenheit. Ich gab mir Mühe, sie unter der Maske der Burschikosität zu verbergen, wie ein Mann, der zeigen will, daß er ein Geheimnis zu hüten weiß. Sinaida jedoch begrüßte mich wie immer, als ob überhaupt nichts geschehen sei. Sie drohte nur mit dem Finger und fragte, ob ich mir blaue Flecken geholt habe. Nun, ich hatte nichts Besonderes erwartet, aber ihre Gleichgültigkeit wirkte auf mich wie eine kalte Dusche.

Kein Zweifel – in ihren Augen war ich noch immer ein Kind. Mir wurde schwer ums Herz. Sinaida ging im Zimmer auf und ab, sie lächelte jedesmal, wenn mich ihre Augen streiften. Aber ich spürte doch, daß ihre Gedanken weit weg waren. – Ob ich davon spreche? überlegte ich, um zu erfahren, wohin sie gestern gegangen ist – endgültig. Aber dann winkte ich nur mit der Hand ab und setzte mich in eine Ecke.

Belowsorow trat in das Zimmer. Es war mir gerade recht. »Leider konnte ich kein frommes Reitpferd für Sie auftreiben«, begann er mit rauher Stimme. »Freitag legt zwar für das eine Pferd seine Hand ins Feuer, aber ich traue ihm nicht, ich fürchte . . .«

»Was befürchten Sie, wenn ich fragen darf?« unterbrach ihn Sinaida.

»Sie können doch nicht reiten. Es könnte ja – verhüte es Gott! – etwas passieren. Einfälle haben Sie manchmal. . .«

»Was geht das Sie an, Monsieur ›mein Tier‹? Dann werde ich eben Pjotr Wassiljewitsch darum bitten.«

Pjotr Wassiljewitsch war mein Vater, und ich war erstaunt, wie leicht und sicher sie seinen Namen aussprach. Sie tat, als werde er ihr bestimmt diese Bitte erfüllen.

»So, so? Sie wollen also mit ihm ausreiten?« fragte Belowsorow.

»Ob mit ihm oder mit einem anderen – das dürfte Ihnen doch gleichgültig sein. Mit Ihnen reite ich jedenfalls nicht.«

»Nicht?« sagte Belowsorow. »Nun, wie Sie wollen, aber das Pferd werde ich Ihnen doch beschaffen.«

»Aber keinen alten Schinder. Ich will auf jeden Fall galoppieren.«

»Bitte, galoppieren Sie. – Aber mit wem? Vielleicht mit Malewskij?«

»Hätten Sie etwas dagegen, mein edler Ritter? Aber regen Sie sich nicht auf, lassen Sie das Gefunkel mit Ihren Augen – Sie dürfen auch mitkommen. Sie wissen doch, Malewskij ist Luft für mich.« Sie schüttelte den Kopf und warf dabei das Haar zurück.

»Das sagen Sie nur, um mich zu beruhigen«, brummte Belowsorow. Sinaida blinzelte mit den Augen. »Beruhigt Sie das wirklich – Sie edler Ritter?« sagte sie schließlich, als könne sie keine anderen Worte finden. »Und Sie, Monsieur Woldemar, würden Sie auch mitreiten?«

»Ich reite nicht gern in großer Gesellschaft«, murmelte ich, ohne aufzusehen.

»Sie würden einen Ritt zu zweit vorziehen? – Nun, dem Freien die Freiheit, dem Seligen das Paradies*«, sagte sie aufseufzend. »Gehen Sie, Belowsorow, verschaffen Sie mir für morgen ein Pferd.«

* Russisches Sprichwort

»Und das Geld?« mischte sich die alte Fürstin in das Gespräch. Sinaida runzelte die Stirn.
»Ich habe Sie nicht um Geld gebeten, ich bin Belowsorow gut dafür.«
»Gut – so, so«, brummte die Fürstin vor sich hin. Dann schrie sie laut: »Dunjaschka!«
»Mama, ich habe Ihnen doch eine Glocke zum Schellen geschenkt«, sagte Sinaida.
»Dunjaschka!« rief die Alte noch einmal.
Belowsorow verabschiedete sich, und wir gingen zusammen fort. Sinaida forderte mich nicht zum Bleiben auf.

XIV

Am folgenden Morgen stand ich frühzeitig auf, schnitt mir einen Stock und ging zum Stadttor hinaus. – Vielleicht werde ich da draußen meinen Kummer los, dachte ich. Es war ein wunderschöner Tag, klar und nicht zu warm. Ein munterer, frischer Wind strich über die Erde, spielend rauschte er dahin – alles bewegend, nichts zerzausend. Weit führte mich mein Weg über Berg und Felder. Ich war nicht froh, ich hatte mein Zimmer verlassen, um mich meiner melancholischen Stimmung hinzugeben – aber die Jugend, das herrliche Wetter, die frische Luft, die Freude, rasch dahinzuschreiten oder einsam im dichten Grase zu liegen, taten das Ihre: die Erinnerung an die unvergeßlichen Worte und Küsse drängten sich wieder in mein Herz. Es machte mir Spaß, daß ich vor Sinaida Entschlossenheit und Mut bewiesen hatte. Gut, möge sie andere bevorzugen. Ich hatte gehandelt, während die anderen nur redeten. Ich würde noch viel mehr für sie tun; ich ließ meine Phantasie spielen und stellte mir vor, wie ich sie aus den Händen der Feinde retten, wie ich sie blutüberströmt aus einem Verlies befreien, wie ich zu ihren Füßen sterben würde. Vor meinen Augen tauchte plötzlich das Bild auf, das in unserem Salon hing: Malèk-Adèl raubt Mathilde. Aber im nächsten Augenblick schon interessierte mich viel mehr ein großer Buntsprecht, der emsig am schlanken Stamm einer Birke hochkletterte und mißtrauisch bald rechts, bald links hervorlugte – wie ein Musikant hinter dem Hals seiner Baßgeige. Dann sang ich »Nicht weißer Schnee« und anschließend die damals viel gesungene Romanze »Ich harre dein, wenn Zephirs sanfter Hauch...«. Schließlich deklamierte ich laut Jermaks »Rede an die Sterne«, aus dem Trauerspiel von Chomjakow. Ich machte sogar den Versuch, selbst etwas Rührseliges zu dichten. Den Schlußvers hatte ich bereits. Er lautete:

»O Sinaida, Sinaida!« Mehr brachte ich nicht zusammen. Inzwischen war Mittag geworden. Ich stieg ins Tal hinunter, ein schmaler, sandiger Weg schlängelte sich dahin; er führte zur Stadt. Ich schlug diesen Weg ein. Da war plötzlich dumpfer Hufschlag hinter mir zu hören. Ich sah mich um, blieb stehen und zog die Mütze. Es waren Sinaida und mein Vater. Sie ritten nebeneinander, mein Vater beugte sich zu ihr hinüber, stützte sich mit der Hand auf den Hals des Pferdes und sprach auf sie ein. Er lächelte, Sinaida hörte ihm schweigend zu, die Lippen zusammengepreßt. Zunächst hatte ich nur die beiden erblickt, aber dann sah ich in einer Biegung des Weges auf einem schweißbedeckten Rappen auch Belowsorow. Über seiner Uniform trug er einen Dolman. Das edle Pferd hob und senkte den Kopf, es schnaubte und tanzte; ich hatte den Eindruck, als sporne und zügle gleichzeitig der Reiter das Pferd. Mein Vater faßte die Zügel fester, setzte sich wieder gerade in den Sattel, Sinaida sah ihn an, und beide jagten im Galopp davon. Mit rasselndem Säbel folgte ihnen Belowsorow.
Er sieht aus wie ein roter Krebs, dachte ich. – Und sie? – Warum ist sie so blaß? Sie reitet doch schon den ganzen Vormittag – und ist so blaß?
Ich beschleunigte meine Schritte und traf kurz vor dem Mittagessen zu Hause ein. Mein Vater hatte sich bereits

umgezogen, gewaschen und saß erfrischt neben dem Sessel meiner Mutter. Mit gleichmäßiger, klangvoller Stimme las er ihr ein Feuilleton aus dem »Journal des Débats« vor. Aber meine Mutter war keine aufmerksame Zuhörerin. Als sie mich sah, fragte sie, wo ich den ganzen Tag gesteckt habe. Dann fügte sie hinzu, sie liebe es nicht, wenn ich mich, Gott weiß wo und mit wem, den ganzen Tag herumtreibe.

»Ich war ganz allein spazieren«, wollte ich antworten, aber in diesem Augenblick sah ich meinen Vater an und schwieg. – Warum, weiß ich nicht.

XV

Im Laufe der folgenden fünf, sechs Tage sah ich Sinaida nur selten. Sie war angeblich krank. Aber das hielt die Gäste des Hauses nicht ab, ihre Besuche fortzusetzen, um, wie sie sich ausdrückten, ihren Dienst zu versehen. Maidanow allerdings erschien nicht. Er litt unter Depressionen – wenn er sich nicht begeistern konnte.

Belowsorow saß meist finster in einer Ecke, zugeknöpft, mit rotem Gesicht. Über das edelgeschnittene Gesicht des Grafen Malewskij irrte ein böses Lächeln. Er war tatsächlich bei Sinaida in Ungnade gefallen und versuchte jetzt, sich bei der alten Fürstin einzuschmeicheln. Eines Tages hatte er sie sogar in einer Droschke zum Generalgouverneur begleitet. Übrigens, der Besuch war für die Fürstin völlig ergebnislos verlaufen und für Malewskij sogar mit Unannehmlichkeiten verbunden gewesen. Man hatte ihm einen Vorfall vorgeworfen, der sich vor einiger Zeit zwischen ihm und den Mitgliedern der Wegekommission abgespielt hatte. Malewskij war gezwungen, sich mit seiner damaligen Unerfahrenheit zu entschuldigen. Luschkin kam täglich zweimal ins Haus, blieb aber nie lange. Seit unserer letzten Unterredung hatte ich eine gewisse Bange vor ihm – neben einer aufrichtigen Sympathie. Eines Tages gingen wir durch den Njeskutschnyjpark. Er war sehr liebenswürdig und freundlich und erklärte mir ausführlich Namen und Eigenschaften verschiedener Gräser und Blumen. Plötzlich schlug er sich ohne jeden Anlaß mit der Hand auf die Stirn und sagte: »Ich Narr hielt sie für kokett, aber offenbar findet sie Gefallen daran, sich für andere zu opfern.«

»Was wollen Sie damit sagen?« fragte ich.

»Ihnen wollte ich überhaupt nichts sagen«, antwortete Luschin kurz.

Mich mied Sinaida. Ohne Zweifel: meine Anwesenheit

war ihr peinlich. Ohne sichtbaren Anlaß wandte sie sich immer wieder von mir ab – das war es, was mir Kummer bereitete. Aber was sollte ich tun? Ich ließ mich nur noch selten bei ihr sehen und beobachtete sie nur noch aus der Ferne. Allerdings gelang mir das nicht immer. Mit ihr schien, wie schon einmal, etwas mir Unverständliches vor sich zu gehen. Ihr Gesicht war anders geworden, ihr ganzes Wesen verwandelt. Besonders auffallend erschien mir diese Verwandlung an einem warmen, stillen Abend. Ich saß auf einer niedrigen Bank unter einem breiten Holunderstrauch; dieses Fleckchen im Garten hatte ich gern. Von dort aus konnte ich Sinaidas Fenster sehen. Während ich dort saß, tummelte sich über meinem Kopf in dem dunkel gewordenen Laub ein kleiner Vogel. Leise schlich eine graue Katze in den Garten. Die ersten Käfer summten tief in der einbrechenden Dämmerung. Ich blickte zum Fenster hinüber und wartete – vielleicht würde es sich öffnen. Und wirklich, es wurde aufgemacht, und ich sah Sinaida. Sie trug ein weißes Kleid, ihr Gesicht, ihre Schultern, ihre Arme waren blaß, fast weiß. Lange stand sie da und bewegte sich kaum. Ihre Augen starrten unter den zusammengezogenen Brauen geradeaus. Diesen Blick kannte ich noch nicht. Dann preßte sie die Hände zusammen, fest, fest, führte sie an die Lippen, an die Stirn – und riß sie plötzlich wieder auseinander, strich das Haar

nach hinten, schüttelte den Kopf, nickte entschlossen und schloß das Fenster.

Drei Tage danach traf ich sie im Garten. Ich wollte ihr ausweichen, aber sie hielt mich an.

»Geben Sie mir die Hand«, sagte sie so freundlich wie früher.

»Wir haben lange nicht miteinander geplaudert.«

Ich sah sie an. Ihre Augen leuchteten still, ihr Gesicht lächelte – wie hinter einem Schleier.

»Sind sie krank?« fragte ich.

»Nein«, antwortete sie und pflückte eine kleine rote Rose. »Ich bin zwar noch etwas müde, aber auch das wird vorübergehen.«

»Werden Sie dann wieder so sein – wie früher?«

Sinaida hielt die Rose vor ihr Gesicht, der Widerschein der Blätter goß sich über ihre Wangen.

»Bin ich anders geworden?« fragte sie.

»Ja, Sie sind ganz anders geworden«, sagte ich leise.

»Ich war manchmal sehr kühl zu Ihnen, das weiß ich. Aber das darf man doch nicht so ernst nehmen – ich konnte einfach nicht anders. Reden wir nicht mehr davon.«

»Ich darf Sie nicht mehr lieben – das ist es«, sagte ich finster und aufbrausend.

»O nein, Sie sollen mich lieben, aber nicht so wie bisher!«

»Wie denn?«

»Wir wollen Freunde sein – weiter nichts.« Sinaida ließ mich an der Rose riechen. »Sehen Sie, ich bin doch viel älter als Sie, ich könnte Ihre Tante sein – wirklich. Oder wenigstens Ihre ältere Schwester. Und Sie . . .«

»Ich bin in Ihren Augen also noch ein Kind«, unterbrach ich sie.

»Ja, ein Kind, ein lieber, guter Junge, den ich sehr liebhabe.

Wissen Sie was – von heute an sind Sie mein Page. Denken Sie immer daran – ein Page darf seine Herrin nie im Stich lassen. Da – nehmen Sie, das ist das Zeichen Ihrer neuen Würde.« Sie steckte mir die Rose in das Knopfloch meines Joppenaufschlages. »Sie ist das Zeichen meiner Gnade.«

»Früher bekam ich andere Gnadenbeweise«, murmelte ich.

»Ah«, sagte sie und sah mich von der Seite an. »Was für ein gutes Gedächtnis er hat. Nun, ich bin auch jetzt bereit . . .« Sie beugte sich mir entgegen und drückte mir einen sanften, keuschen Kuß auf die Stirn. Ich sah sie an, aber sie wandte sich ab und sagte: »Kommen Sie, mein Page.«

Verdutzt folgte ich ihr. – Ist dieses sanfte, vernünftige Mädchen die Sinaida von einst? dachte ich. Sogar ihr

Gang schien bedächtiger, ihre ganze Gestalt hoheitsvoller, schlanker.

Mein Gott, mit welch neuer Gewalt flammte in mir die Liebe auf!

XVI

Nach dem Mittagessen fand sich wieder eine Anzahl Gäste im Nebengebäude ein. Diesmal weilte auch die junge Fürstin wieder unter ihnen. Es war dieselbe Gesellschaft wie an jenem ersten, mir unvergeßlichen Abend. Sogar Nirmazkij war da. Maidanow war früher als die anderen erschienen; er hatte neue Gedichte mitgebracht. Auch um Pfänder wurde gespielt, aber diesmal ohne jene eigenartige Ausgelassenheit, ohne Scherze und Lärm – das Zigeunerhafte war verschwunden. Sinaida gab dieser Zusammenkunft eine neue, eine andere Linie. Als Page durfte ich neben ihr sitzen. Sie schlug unter anderem vor, daß jeder einen Traum erzählen solle. Aber es klappte nicht. Entweder waren die Träume uninteressant, oder es waren Phantastereien. Belowsorow wollte zum Beispiel geträumt haben, sein Pferd habe plötzlich einen Holzkopf gehabt, und er habe dieses Tier mit Karauschen gefüttert. Und Maidanow gab eine ganze Novelle zum besten. Grabgewölbe, Engel mit Harfen, sprechende Blumen und Klänge aus unbekannten Fernen kamen darin vor. Sinaida ließ ihn nicht zu Ende erzählen.

»Jeder soll etwas Eigenes erzählen«, verlangte sie. Als erster kam wiederum Belowsorow an die Reihe.

Der junge Husar saß verlegen da. »Das kann ich nicht«, sagte er.

»Dummes Zeug«, meinte Sinaida. »Stellen Sie sich vor, Sie seien verheiratet. Also, erzählen Sie, wie Sie die Zeit mit Ihrer Frau verbringen würden. Müßte Ihre Frau oft zu Hause bleiben?«

»Ja.«

»Bleiben Sie ebenfalls viel zu Hause?«

»Natürlich.«

»Ausgezeichnet. Aber wenn sie nun eines Tages diesen Zustand satt hätte, Ihnen untreu würde?«

»Dann würde ich sie töten.«

»Und wenn Sie davonliefe?«

»Ich würde sie einholen – und doch töten.«

»So! Nehmen wir an, Sie seien mit mir verheiratet. Was würden Sie dann tun?«

Belowsorow schwieg einen Augenblick. Plötzlich sagte er: »Dann würde ich mich umbringen.«

Sinaida lachte. »Sie machen kurzen Prozeß, das kann man wohl sagen.«

Als zweite kam Sinaida an die Reihe. Sie sah an die Decke und überlegte. Nach einer Weile fing sie an: »Also hört, was ich erdacht habe. Stellt euch einen herrlichen Palast vor, eine Sommernacht, einen zauberhaften Ball. Gastgeberin ist eine junge Königin. Überall Gold, Marmor Kristall, Seide, Lichter, Diamanten, Blumen, Wohlgerüche: alle Launen, die der Luxus kennt.«

»Sind Sie ein Freund des Luxus?« unterbrach Luschin sie.

»Luxus ist hübsch, und ich liebe alles Hübsche.«

»Mehr als das Schöne?« fragte er weiter.

»Das ist zu spitzfindig für mich, das verstehe ich nicht. Aber stören Sie mich nicht. Es wurde ein herrliches Ballfest. Viele Gäste, alle jung, schön, kühn, alle sterblich in die Königin verliebt.«

»Sind keine Frauen darunter?« fragte Malewskij.

»Nein. – Doch, warten Sie – natürlich!«

»Lauter häßliche?«

»Nein, sie sind reizend, aber die Männer sind nur in die Königin verliebt. Sie ist groß und schlank, und in dem schwarzen Haar trägt sie ein kleines goldenes Diadem.« Ich sah Sinaida an. In diesem Augenblick schien mir – als schwebe sie über uns allen. Ihre weiße Stirn mit den glatten Brauen strahlte einen so klaren Verstand aus, sie war ein solch hoheitsvolles Wesen, daß mir der Gedanke kam: Diese Königin bist du! –

»Alle umwerben die Königin«, fuhr Sinaida fort. »Jeder schmeichelt ihr.«
»Sie ist also Schmeicheleien zugänglich?« fragte Luschin.
»Sie sind unausstehlich, immer wieder unterbrechen Sie mich – wer hört Schmeicheleien denn nicht gern?«
»Nur noch eine Frage«, bemerkte Malewskij. »Ist die Königin verheiratet?«
»Ja, daran habe ich eigentlich nicht gedacht. Nein, wozu denn – einen Mann?«
»Natürlich! Wozu einen Mann«, meinte Malewskij.
»Silence!« rief Maidanow, der sehr schlecht Französisch sprach.
»Merci«, dankte Sinaida. »Also, die Königin lauscht den Reden und der Musik, aber keinen ihrer Gäste sieht sie an. Die sechs Fenster sind offen, von oben bis unten, von der Decke bis zum Fußboden. Draußen ist dunkler Himmel mit großen Sternen, ein dunkler Garten mit großen Bäumen – und die Königin schaut hinaus. Dort, zwischen den Bäumen, ist ein Springbrunnen. Er leuchtet aus dem Finstern, lang, lang, wie ein Gespenst. Trotz der Stimmen, trotz der Musik hört die Königin das leise Plätschern des Wassers. Sie schaut hinaus und denkt: Ihr, meine Herren, seid edel, klug und reich, ihr umschwärmt mich, jedes meiner Worte beglückt euch, ihr seid bereit, euer Leben vor meinen Füßen auszuhauchen,

denn ich herrsche über euch. – Aber dort, neben dem Springbrunnen, neben dem plätschernden Wasser, steht einer und wartet auf mich. Es ist der, den ich liebe, der mich beherrscht, dem ich gehöre! Er trägt kein kostbares Kleid, keine wertvollen Steine, ihn kennt niemand – aber er wartet auf mich, und er weiß, daß ich komme. Und ich gehe zu ihm, denn es gibt keine Macht, die mich zurückhalten könnte, wenn ich zu ihm gehen will, bei ihm bleiben will und dort, im Dunkel des Gartens, mit ihm untertauchen will – unter dem Rauschen der Bäume, unter dem Plätschern des Brunnens . . .« Sinaida war verstummt.

»Dichtung?« fragte Malewskij hinterhältig. Sinaida würdigte ihn keines Blickes.

»Was würden Sie tun, meine Herren, wenn wir zu diesen Gästen gehörten und wüßten, daß dieser Glückspilz am Brunnen steht?« fragte Luschin plötzlich.

»Halt! Halt!« meinte Sinaida. »Ich will sagen, was jeder von euch tun würde. Sie, Belowsorow, würden ihn fordern. Sie, Maidanow, würden ein Spottgedicht auf ihn machen – nein, Spottgedichte liegen Ihnen nicht. Aber Sie würden ein paar lange Jamben à la Barbier schreiben und das Produkt dem ›Telegraph‹ zur Veröffentlichung schicken. Sie, Nirmazkij, würden Geld von ihm borgen – nein, Sie würden ihm Geld gegen gute Zinsen leihen.

Und Sie, Doktor . . .« Sinaida zögerte. »Was Sie tun würden, weiß ich nicht.«
»Als Leibarzt würde ich der Königin raten, keine Bälle zu veranstalten, wenn sie ganz andere Dinge im Kopf hat.«
»Vielleicht hätten Sie nicht unrecht. – Und Sie, Graf...«
»Und ich?« fragte Malewskij mit dem gleichen hinterlistigen Lächeln.
»Sie würden ihm vergiftetes Konfekt schicken.«
Malewskijs Gesicht verzerrte sich ein wenig. Einen Augenblick lang sah er aus wie ein Jude. Doch dann lachte er wieder.
»Und was Sie betrifft, Woldemar«, meinte Sinaida . . .
»Ach, lassen wir das! Spielen wir etwas anders.«
»Als Page würde Monsieur Woldemar die Schleppe der Königin tragen, wenn sie in den Garten geht«, meinte Malewskij bissig. Ich wurde rot. Sinaida legte rasch die Hand auf meine Schulter, stand auf und sagte mit leicht zitternder Stimme: »Ich habe Euer Erlaucht niemals erlaubt, ungezogen zu werden. Bitte, entfernen Sie sich.« Sinaida wies zur Tür.
»Fürstin . . .«, stotterte Malewskij. Sein Gesicht war leichenblaß.
»Die Fürstin hat recht«, sagte Belowsorow und stand ebenfalls auf.
»Bei Gott, das habe ich nicht erwartet! – War in meinen

Worten etwas ... Ich wollte Sie nicht beleidigen, ich bitte um Entschuldigung.«

Sinaida musterte ihn mit einem kühlen Blick und lächelte frostig. »Meinetwegen bleiben Sie«, sagte sie dann. »Ich und Monsieur Woldemar hatten keinen Grund, uns aufzuregen. Ihnen aber macht es Spaß – zu stechen! Wohl bekomm's!«

»Verzeihen Sie mir«, sagte Malewskij noch einmal. Ich aber dachte: Mit größerer Würde hätte auch eine echte Königin diesem dreisten Burschen nicht die Tür weisen können.

Kurz nach diesem Zwischenfall hörten wir mit dem Pfänderspiel auf. Es war eine unbehagliche Stimmung aufgekommen. Nicht wegen des Vorfalls allein, sondern auch wegen des bedrückenden Gefühls, das uns alle beherrschte. Es sprach zwar keiner davon, aber jeder empfand diese peinliche Stimmung – und fühlte sie bei den anderen.

Maidanow las noch einige seiner Gedichte vor, und Malewskij lobte sie mit übertriebenem Eifer.

»Er möchte sich jetzt von seiner guten Seite zeigen«, flüsterte Luschin.

Wir gingen bald auseinander. Sinaida war still geworden, die alte Fürstin ließ sagen, sie habe Kopfschmerzen, und Nirmazkij klagte über Rheumatismus.

Ich konnte lange Zeit nicht einschlafen. Sinaidas Erzählung hatte mich tief berührt. – War es eine Anspielung? – Aber auf wen? Und wenn – wie würde das ausgehen? – Nein, nein, das kann nicht sein! Ich preßte immer wieder meine heißen Wangen in die Kissen. Aber wenn ich an ihren Gesichtsausdruck während der Erzählung dachte... Da erinnerte ich mich plötzlich des Ausrufes, der Luschin im Njeskutschnyjpark entschlüpft war – und ihrer Veränderung mir gegenüber. Waren das alles nur Mutmaßungen? Nein, wo ist hier die Wahrheit? Wer ist es? Diese drei Worte standen vor meinen Augen – in die Dunkelheit geschrieben. Mir war, als hinge eine große unheildrohende Wolke über mir. Ich fühlte diesen Druck, ich wartete, daß diese Wolke sich jeden Augenblick über mir entladen werde. In der letzten Zeit hatte ich mich an vieles gewöhnt und vieles bei Sassekins gesehen: die Unordnung, Reste von Talglichtern, zerbrochene Messer und Gabeln, den finster dreinblickenden Wonifati, das liederlich gekleidete Dienstmädchen, die Manieren der Fürstin ... An dieses merkwürdige Leben hatte ich mich fast schon gewöhnt. Aber an das Unklare an Sinaida, das ich jetzt zu sehen glaubte, würde ich mich nie gewöhnen können. Meine Mutter nannte sie einst eine Abenteurerin. – Mein Idol, meine Göttin eine Abenteurerin? – Dieses Wort brannte in mir, vor diesem

Wort vergrub ich mich in meine Kissen. Ich war empört. Was hätte ich gegeben, was hätte ich getan, um jener Glückliche am Brunnen zu sein!

Mein Blut war heiß und kochte. Garten – Springbrunnen ... Ich werde in den Garten gehen, dachte ich. Als ich mich angezogen hatte, schlich ich aus dem Hause. Die Nacht war finster, leise flüsterten die Bäume, der Himmel strömte stille Kühle aus, vom Gemüsegarten zog ein leichter Fenchelgeruch herüber. Das schwache Geräusch meiner Schritte erregte mich, machte mir aber auch Mut. Ab und zu blieb ich wartend stehen, lauschte meinem laut und schnell klopfenden Herzen. Endlich stand ich vor dem Zaun, lehnte mich gegen eine dünne Stange. Plötzlich – oder schien es mir nur so? – huschte wenige Schritt von mir entfernt eine weibliche Gestalt vorüber. Angespannt starrte ich in die Dunkelheit und hielt den Atem an. Was ist das? Sind es Schritte? Oder klopft mein Herz so laut? – »Wer ist da?« fragte ich kaum hörbar. – Was ist das? Unterdrücktes Lachen? Oder das Rascheln der Blätter? Ein Seufzer an meinem Ohr? Oder Angst? »Wer ist da?« fragte ich noch leiser.

Ich spürte einen leisen Windhauch. Über den Himmel schoß ein Feuerstreifen. »Sinaida?« wollte ich fragen. Aber ich brachte keinen Ton heraus. Und alles versank wieder in tiefe Stille, wie so oft mitten in der Nacht.

Sogar die Grillen hatten aufgehört zu zirpen. Irgendwo klirrte ein Fenster. Ich verharrte noch eine Weile auf demselben Fleck, dann ging ich zurück in mein Zimmer, in mein kalt gewordenes Bett. In mir war eine eigenartige Erregung – als sei ich zu einem Rendezvous gegangen, aber niemand sei erschienen. – Hatte mich nur fremdes Glück gestreift?

XVII

Am folgenden Tage sah ich Sinaida nur flüchtig. Sie war mit ihrer Mutter in einer Kutsche irgendwohin gefahren. Aber ich sah Luschin, der mich übrigens kaum eines Blickes würdigte – und den Grafen Malewskij. Der junge Graf griente und behandelte mich sehr liebenswürdig. Als einzigem Besucher der fürstlichen Familie war es ihm gelungen, auch in unserer Familie zu verkehren. Er hatte das Wohlwollen meiner Mutter gewonnen. Mein Vater mochte ihn jedoch nicht leiden und behandelte ihn mit einer fast beleidigenden Höflichkeit.

»Ah, Monsieur le page, ich freue mich, Sie zu sehen! Was macht Ihre schöne Königin?« sprach er mich an. Sein hübsches, frisches Gesicht war mir in diesem Augenblick widerwärtig. Er sah mich so herablassend an, daß ich keine Antwort gab.

»Sind Sie noch immer böse?« fuhr er fort. »Warum denn? Habe ich Sie zum Pagen ernannt? Es ist der Vorzug der Königinnen, sich Pagen zu halten. – Übrigens versehen Sie Ihr Amt nicht gut.«

»Wieso?«

»Pagen müssen immer bei ihren Herrinnen sein, Pagen müssen immer wissen, was ihre Herrin tut. Sie müssen alles sehen und alles beobachten – Tag und Nacht«, sagte er etwas leiser.

»Was wollen Sie damit sagen?«

»Was ich damit sagen will? Habe ich mich nicht deutlich genug ausgedrückt? Tag und Nacht! Tagsüber mag es noch angehen, am Tage ist es hell und belebt. Aber in der Nacht kann schnell ein Unglück geschehen. Ich würde empfehlen, nachts nicht zu schlafen, sondern aufzupassen, sehr gut aufzupassen. Haben Sie schon vergessen – im Garten, nachts, am Springbrunnen? Dort müssen Sie achtgeben. Ich glaube, Sie werden mir dankbar sein.«

Malewskij lachte laut und wandte sich ab. Anscheinend legte er dem, was er gesagt hatte, keine große Bedeutung bei. Er stand in dem Ruf, die Leute gern zum besten zu halten, vor allem auf Maskenbällen. Zugute kam ihm dabei sein anscheinend fast unbewußter Hang zur Lüge, die sein ganzes Wesen erfüllte. Wahrscheinlich wollte er mich nur aufziehen. Aber jedes seiner Worte rollte wie Gift durch meine Adern. Mir stieg das Blut in den Kopf. »Ah – so also ist das!« brummte ich vor mich hin. »Hat es mich gestern doch nicht grundlos in den Garten gezogen? Nein, das darf nicht sein«, sagte ich laut und schlug mir die Faust auf die Brust, obwohl ich eigentlich gar nicht recht wußte, was nicht sein durfte. – Ist es vielleicht Malewskij, der in den Garten will? fragte ich mich. Vielleicht hat er sich verplappert? Frech genug wäre er, diesen Versuch zu machen. – Oder ein anderer? Unser Gartenzaun war ziemlich niedrig, man konnte leicht darübersteigen. Wehe dem, der mir in den Weg kommen würde! Ich rate keinem, mir ins Gehege zu kommen! Ich würde ihr, der Verräterin – ich nannte sie wahrhaftig Verräterin –, und der ganzen Welt beweisen, daß ich mich rächen kann!

Ich ging in mein Zimmer, nahm aus dem Schreibtisch mein englisches Messer – ich hatte es erst vor kurzem gekauft –, prüfte die Schneide und steckte es, finster und zu allem entschlossen, in die Tasche. So als ob das überhaupt nichts Besonderes sei, als ob dies nicht zum ersten Male geschehe. Vor lauter Wut war mein Herz wie versteinert. Bis in die späten Abendstunden machte ich ein brummiges Gesicht und preßte die Lippen aufeinander. Ich fand nirgends Ruhe, ich umkrampfte mit den Fingern das in der Tasche warm gewordene Messer. Ich war zu Schrecklichem bereit! Dieses neue, mir bisher völlig unbekannte Gefühl nahm derartig von mir Besitz, daß ich kaum an Sinaida dachte. Vor meinen Augen schwebte – Aleko, der junge Zigeuner: »Wohin, du schöner Jüngling? Sprich! Bleib liegen da – und stirb!« Und dann: »Du bist ja ganz mit Blut bespritzt! – O sprich, was tatest du? – Nichts!«

Grausam lächelnd wiederholte ich: »Nichts?«

Mein Vater war nicht zu Hause, aber meiner Mutter, die sich seit einiger Zeit in einem Zustand verhaltener Erregung befand, fiel mein verbissener Gesichtsausdruck auf. Während des Abendessens sagte sie: »Warum machst du so ein böses Gesicht? Du siehst aus wie eine Katze, die eine Maus fressen will.«

Ich lächelte nachsichtig und dachte: Wenn du wüßtest ...

Als es elf Uhr schlug, ging ich in mein Zimmer. Bis Mitternacht wartete ich noch. Endlich war es soweit. »Es ist Zeit«, flüsterte ich durch die zusammengepreßten Zähne, knöpfte meine Joppe bis obenhin zu, streifte sogar die Ärmel hoch und ging in den Garten.

Den Platz hatte ich bereits ausgesucht, an dem ich mich auf die Lauer legen wollte. Am Ende des Gartens, dort, wo der Zaun, der die beiden Gärten trennte, auf die gemeinsame Mauer stieß, stand eine Tanne. Unter ihren weit herabhängenden dichten Zweigen konnte ich gut sehen, was um mich vorging, soweit es das nächtliche Dunkel zuließ. Dort zog sich auch der Pfad entlang, der mir schon immer etwas geheimnisvoll vorgekommen war. Er wand sich wie eine Schlange unter dem Zaun hindurch. An dieser Stelle waren ganz deutlich Fußspuren zu sehen. Der Pfad führte zu einer runden Laube von dichten Akazien. Ich lehnte mich gegen den Stamm. Meine Wache begann.

Die Nacht war genauso ruhig wie gestern. Nur weniger Wolken waren am Himmel. Die Konturen der Sträucher und der großen Blumen waren deutlich zu erkennen. Die ersten Minuten des Wartens bedrückten mich, sie waren fast schrecklich. Aber ich war zu allem entschlossen und überlegte, wie ich vorgehen sollte. Einfach losdonnern: »Wohin? Halt! Gesteh – oder stirb!« Oder sollte ich einfach zustechen? Jeder Laut, jedes Geräusch erschien mir wichtig, verdächtig. Ich war soweit! Mein Körper war bereit zum Sprung.

Doch es verging eine halbe Stunde, es verging eine ganze Stunde. Mein Blut war kühler geworden und lief wieder ruhiger. Ja, mir kam sogar der Gedanke, daß möglicherweise alles vergeblich und ich vielleicht auf dem besten Wege war, mich lächerlich zu machen, daß mich Malewskij zum Narren gehalten hatte. Ich verließ mein Versteck und machte eine Runde durch den Garten. Es war wie verhext. Nicht der geringste Laut war zu hören. Alles war still. Sogar unser Hund lag zusammengerollt und schlafend vor dem Gartentor. Ich kletterte auf die Mauer des ehemaligen Treibhauses, blickte auf das weite Feld hinaus, dachte an meine Begegnung mit Sinaida – und fing an zu träumen ...

Plötzlich zuckte ich zusammen. Mir war, als hätte ich das Knarren einer aufgehenden Tür gehört. Dann vernahm ich das leise Knacken eines brechenden Zweiges. In zwei Sätzen war ich von der Mauer herunter. Ich blieb stehen. Schnelle, leichte, vorsichtige Schritte waren deutlich im Garten zu hören. Sie kamen auf mich zu. Da ist er – da ist er endlich! schoß es mir durch den Kopf. Mit einem Ruck zog ich das Messer aus der Tasche, mit einem Ruck öffnete ich es. Rote Funken flimmerten vor meinen Augen, das Haar auf meinem Kopf schien sich vor Wut – und Angst – zu sträuben.

Die Schritte kamen geradeswegs auf mich zu. Ich duckte mich, schlich dem Kommenden entgegen. – Da sah ich einen Mann ... Mein Gott – es war mein Vater!

Ich erkannte ihn sofort, obwohl er seinen dunklen Umhang fest um sich geschlungen und den Hut tief in die Stirn gedrückt hatte. Auf den Zehenspitzen huschte er an mir vorüber. Er hatte mich nicht gesehen, obwohl mich nichts verdeckte. Ich hatte mich so zusammengeduckt, so klein gemacht, ich glaube, ich lag fast auf dem Erdboden.

Aus dem eifersüchtigen, mordgierigen Othello war plötzlich ein Schulbub geworden. Das überraschende Auftauchen meines Vaters hatte mich so erschreckt, daß ich zunächst gar nicht sah, woher er kam und wohin er ging. Als wieder Stille um mich war, richtete ich mich auf. Ich fragte mich: Was sucht mein Vater nachts im Garten? – Das Messer hatte ich vor Schreck ins Gras fallen lassen, aber ich hob es nicht auf, ich schämte mich unaussprechlich – ich war völlig ernüchtert. Auf dem Weg nach Hause blieb ich an meiner Bank unter dem Holunderbusch stehen und blickte hinüber – zum Fenster von Sinaidas Schlafzimmer.

Die kleinen, leichtgewölbten Scheiben schimmerten im matten Widerschein des nächtlichen Himmels. Plötzlich veränderte sich das Blau der Scheiben. Hinter ihnen sah ich – ich sah es ganz deutlich –, wie eine weiße Gardine langsam heruntergelassen wurde, bis zum Fensterbrett. Unbewegt blieb sie hängen.

»Was bedeutet das?« fragte ich mich laut, als ich wieder in meinem Zimmer war. War es nur ein Traum? Ein

Zufall? Oder ... Die Vermutungen, die mir plötzlich durch den Kopf gingen, waren so neu für mich, sie waren so sonderbar, daß ich nicht wagte, sie weiterzuspinnen.

XVIII

Als ich am Morgen aufstand, hatte ich Kopfschmerzen. Aber die gestrige Erregung war verschwunden. Schwere Zweifel und eine mir bisher unbekannte Traurigkeit hatten sie verdrängt. Ich hatte das Empfinden, als sei etwas in mir am Sterben.

»Sie sehen aus wie ein Kaninchen, dem man das halbe Gehirn fortgenommen hat«, sagte Luschin zu mir, als wir uns trafen. Während des Frühstücks sah ich verstohlen bald auf den Vater, bald auf die Mutter. Er war gelassen, wie meistens. Und sie, wie meistens, gereizt. Ich hatte gehofft, daß mein Vater, wie er es öfter tat, sich mit mir unterhalten würde; aber heute blieb selbst diese alltägliche kühle Zärtlichkeit aus.

Ob ich Sinaida mein Erlebnis erzählen soll? dachte ich. – Warum eigentlich nicht? Denn zwischen uns ist ja doch alles zu Ende. Ich ging zu ihr, aber es ergab sich keine Gelegenheit zu einer Plauderei, geschweige denn zu einer

Unterredung. Der Sohn der Fürstin, zwölf Jahre alt und Kadett in Petersburg, war eingetroffen, um die Ferien bei der Mutter zu verbringen. Sinaida stellte ihn mir vor. »Da, mein lieber Wolodja, bringe ich Ihnen einen Kameraden.« Zum ersten Male hatte sie mich mit dem Kosenamen angesprochen. »Er heißt auch Wolodja. Vertragt euch recht gut. Er ist zwar noch etwas schüchtern, hat aber ein gutes Herz. Zeigen Sie ihm den Park von Njeskutschnyj, gehen Sie mit ihm spazieren, nehmen Sie ihn unter Ihre Fittiche. Nicht wahr, das tun Sie doch? Sie sind doch ein netter Junge.« Zärtlich legte sie mir beide Hände auf die Schultern. Ich wußte nicht, wie mir geschah. Dieser Knabe hatte also auch mich wieder zum Knaben gemacht. Schweigend betrachtete ich den Kadetten; er starrte mich ebenso wortlos an. Da lachte Sinaida auf und stieß uns gegeneinander. »Umarmt euch doch, Kinder!« Wir taten es. »Wenn Sie wollen, gehen wir in den Garten«, sagte ich zu dem Kadetten.
»Gut«, antwortete er mit heiserer, mit echter Kadettenstimme. Sinaida lachte wieder. Es war mir nicht entgangen – ihr Gesicht hatte noch nie so bezaubernd frisch ausgesehen wie heute.
Wir gingen hinaus. In unserem Garten stand eine alte Schaukel. Ich forderte ihn auf, sich auf das schmale Brett zu setzen, und schaukelte ihn. Er saß steif in seiner neuen

Uniform aus grobem Tuch und mit breiten Tressen darauf und hielt sich an den Stricken fest. »Machen Sie doch den Kragen auf«, sagte ich zu ihm.

»Macht nichts, das sind wir gewohnt«, sagte er und räusperte sich. Er war seiner Schwester sehr ähnlich – er hatte ihre Augen. Einerseits war es mir nicht unangenehm, mit ihm zu spielen, andererseits aber fühlte ich ein nagendes Leid in meinem Herzen. – Nun bin ich also doch wieder zum Kind geworden, dachte ich. Und gestern . . . Da erinnerte ich mich an die Stelle, an der ich in der Nacht mein Messer fallengelassen hatte. Ich fand es bald. Der Kadett bat mich um das Messer, schnitt damit einen dicken Stengel Liebstöckel ab, machte eine Flöte daraus und blies damit. Auch Othello versuchte sich darauf.

Am Abend aber, da weinte dieser Othello in Sinaidas Armen. Sie hatte ihn in einem Winkel des Gartens getroffen und ihn nach dem Grund seiner Traurigkeit gefragt. Meine Tränen flossen plötzlich so heftig, daß sie erschrak. »Was ist mit Ihnen? Was ist mit Ihnen, Wolodja?« fragte sie. Da sie sah, daß ich keine Antwort gab und nicht aufhörte zu weinen, wollte sie mich auf die nasse Wange küssen. Doch ich wandte mich von ihr ab und schluchzte: »Ich weiß alles! Sie haben mit mir gespielt! Was wollten Sie mit meiner Liebe?«

»Ja, Wolodja, ich habe Ihnen großes Unrecht getan«, murmelte Sinaida. »Großes Unrecht«, sagte sie noch einmal und preßte die Hände zusammen. »Ich weiß, in mir ist viel Schlechtes, Dunkles, Sündhaftes – aber jetzt spiele ich nicht mit Ihnen. Ich liebe Sie wirklich. Sie können nicht ahnen – wieso und aus welchem Grunde. Doch – was wissen Sie?«

Was sollte ich ihr sagen? Sie stand vor mir und sah mich an. Ich gehörte ihr wieder ganz, vom Kopf bis zum Fuß – wenn sie mich so ansah!

Eine Viertelstunde später schon tummelten wir uns, der Kadett, Sinaida und ich, im Wettlauf. Ich weinte längst nicht mehr – ich lachte, obgleich sich dabei noch manche Träne hervorstahl. Statt meiner Krawatte hatte Sinaida mir ein Bändchen um den Hals gebunden, und ich lachte vor Freude, als es mir gelang, sie einmal um die Taille zu fassen. Sie konnte wieder mit mir machen, was sie wollte.

XIX

Wenn ich erzählen müßte, was in mir im Laufe der Woche nach der mißlungenen nächtlichen Expedition vor sich ging, würde ich wirklich in peinliche Verlegenheit kommen. Es war eine seltsame, fiebrige Zeit, es war ein Chaos, in dem die widersprechendsten Gefühle, Gedanken, Verdächtigungen, Freuden und Leiden in mir brausten wie ein Wirbelwind. Ich wagte nicht, einen Blick in mein Inneres zu tun – falls überhaupt ein sechzehnjähriger Knabe dazu fähig sein sollte. Ich hatte Angst, mir Rechenschaft abzulegen, ich versuchte, mich so viel wie möglich abzulenken – nur damit die Tage schneller vergingen. Aber in den Nächten konnte ich schlafen. Kindliche Oberflächlichkeit half mir über diese Zeit hinweg. Ich wollte nicht wissen, ob man mich liebt. Aber ich wollte mir auch nicht eingestehen, daß man mich nicht liebt. Den Vater mied ich, aber Sinaida konnte ich nicht meiden. War sie in meiner Nähe, loderte Feuer in mir. Aber warum wissen, was für ein Feuer das war, das mich verbrannte, in dem ich zu schmelzen schien! Es tat gut – zu brennen und zu schmelzen. Ich lebte nur noch in der Gegenwart und täuschte mich selbst. Die Erinnerungen verbannte ich immer wieder aus meinem Gedächtnis, verschloß die Augen in der Vorahnung des Kommenden. Aber wahrscheinlich wären diese Qualen nicht von langer Dauer gewesen. – Ein Donnerschlag machte all dem ein Ende und schleuderte mich in eine neue Bahn.

Als ich eines Tages nach einem ziemlich langen Spaziergang nach Hause kam, hörte ich zu meinem Erstaunen, daß ich allein essen werde, da Vater weggefahren sei und meine Mutter sich nicht wohl fühle. Sie hatte sich in ihr Schlafzimmer eingeschlossen und wollte nichts essen. Aus den Gesichtern der Diener konnte ich jedoch lesen, daß etwas Ungewöhnliches vorgefallen sein mußte. Fragen wollte ich nicht, aber ich hatte einen Freund, einen jungen Büfettier namens Philipp. Er war ein Freund der Dichtkunst und ein großer Künstler auf der Gitarre. Ich wandte mich an ihn und erfuhr, daß es zwischen Vater und Mutter zu einer furchtbaren Auseinandersetzung gekommen war. Im Mädchenzimmer hatte man jedes Wort verstehen können, obwohl die Eltern meistens französisch sprachen. Aber das Zimmermädchen, das fünf Jahre bei einer Näherin aus Paris gewohnt hatte, konnte alles verstehen. Er sagte, meine Mutter habe dem Vater ein Verhältnis mit dem Fräulein aus dem Nebenhaus vorgeworfen. Anfangs habe mein Vater geleugnet, aber dann sei er wütend geworden und habe harte Worte über das Alter meiner Mutter geäußert. Sie soll heftig darüber geweint haben. Außerdem sei von einem Geldbetrag die Rede gewesen, der angeblich der alten Fürstin gezahlt worden sei. Als die Mutter schlecht über die alte und die junge Fürstin sprach, habe mein Vater schwere Drohungen ausgestoßen. »Die ganze Geschichte kam durch einen anonymen Brief ins Rollen«, sagte Philipp.

»Wer ihn schrieb, weiß man nicht. Es wäre niemals etwas herausgekommen, aber dieser Brief . . .«

»Ist denn wirklich etwas zwischen den beiden gewesen?« brachte ich mühsam über meine Lippen.

Philipp nickte. »Sicher, denn solche Dinge kommen meistens ans Tageslicht. Ihr Vater war diesmal bestimmt sehr vorsichtig, aber manchmal braucht man doch die Hilfe fremder Menschen: man muß zum Beispiel einen Wagen mieten oder man benötigt irgend etwas . . .«

Ich entließ Philipp und fiel auf mein Bett. Ich weinte nicht und war auch nicht der Verzweiflung nahe – fragte auch nicht, wie und wann es geschehen sein konnte. Ich wunderte mich nur, daß ich nicht schon viel früher dahintergekommen war. Auch mit meinem Vater haderte ich nicht. Das, was ich erfahren hatte, ging über meine Kraft. Alle meine Blumen waren ausgerissen worden, lagen um mich herum, verstreut und zertreten.

XX

Am nächsten Tage äußerte meine Mutter, sie werde in die Stadt zurückkehren. Dann fand – unter vier Augen – eine lange Unterredung zwischen Vater und Mutter in ihrem Schlafzimmer statt. Kein Mensch erfuhr jemals, was zwischen ihnen besprochen worden war. Doch meine Mutter weinte nicht mehr, sie war ruhiger geworden und verlangte zu essen. Aber sie ließ sich nicht sehen und änderte auch nicht ihren Entschluß abzureisen. Ich hatte mich fast den ganzen Tag herumgetrieben, wie ich mich noch erinnern kann – aber im Garten war ich nicht und hatte auch mit keinem Blick das Nebengebäude beachtet.

Am Abend wurde ich Zeuge eines merkwürdigen Vorfalls. Mein Vater führte den Grafen Malewskij am Arm aus dem Saal bis zur Tür des Vorzimmers. Dann sagte er im Beisein unseres Dieners mit schneidender Stimme zu ihm: »Vor einigen Tagen wies man in einem gewissen Haus Euer Erlaucht die Tür. Ich möchte hier keine näheren Erklärungen abgeben. Aber ich habe die Ehre, Ihnen mitzuteilen, daß ich Sie höchst eigenhändig zum Fenster hinauswerfe, falls Sie es noch einmal wagen sollten, unser Haus zu betreten, denn – mir gefällt Ihre Handschrift nicht.« Der Graf verneigte sich, biß die Zähne zusammen, schien in sich zusammenzusinken und verschwand.

Die Vorbereitungen für die Übersiedlung in die Stadt hatten begonnen. Wir besaßen am Arbatplatz ein Haus. Wahrscheinlich hatte mein Vater auch keine Lust mehr, weiterhin im Landhaus zu bleiben. Offenbar war es ihm gelungen, meine Mutter davon zu überzeugen, daß jedes Aufsehen vermieden werden müsse. Die Vorbereitungen wurden unauffällig und ohne Eile getroffen. Meine Mutter ließ sogar der Fürstin ihr Bedauern darüber ausdrücken, daß sie sich wegen ihres schlechten Gesundheitszustandes nicht von ihr verabschieden könne. Ich jedoch irrte wie ein Toller umher und hatte nur den einen Wunsch, daß all dies recht schnell zu Ende gehen möge. Aber ein Gedanke wollte mir nicht aus dem Kopf: Wie konnte dieses junge Mädchen – sie war immerhin eine Fürstin – sich in eine solche Geschichte einlassen? Sie wußte, daß mein Vater nicht frei war, und sie hatte durchaus einige Möglichkeiten, sich zu verheiraten – zum Beispiel mit Belowsorow. Was wollte sie? Dachte sie nicht an ihre Zukunft? – Ja, das ist Liebe, das ist Leidenschaft, das ist Hingabe! – Mir kamen Luschins Worte wieder ins Gedächtnis: »Offenbar findet sie Gefallen daran, sich für andere zu opfern.«

Eines Tages glaubte ich hinter einer Fensterscheibe des Nebengebäudes Sinaidas Gesicht zu gewahren? – Tatsächlich, es war Sinaida! – Da konnte ich mich nicht länger beherrschen – ich wollte nicht von ihr gehen, ohne ihr ein letztes Lebewohl zu sagen. In einem günstigen Augenblick ging ich hinüber. Die Fürstin begrüßte mich in der üblichen schlampigen Art.

»Nun, warum reisen Sie denn schon ab, mein Lieber?« sagte sie und schob sich dabei Schnupftabak in beide Nasenlöcher. Ich sah sie an, und mir fiel ein Stein vom Herzen. Das Wort »Geld«, das Philipp erwähnt hatte, bedrückte mich. Sie hatte also keine Ahnung – wenigstens schien es mir damals so. Sinaida trat ein. Sie trug ein schwarzes Kleid, war blaß und hatte die Locken noch nicht gebrannt. Schweigend griff sie nach meiner Hand und zog mich fort.

»Ich hörte Ihre Stimme. Fiel es Ihnen so leicht, mir untreu zu werden, Sie böser Junge?« begann sie.

»Ich bin gekommen, um mich zu verabschieden – wahrscheinlich für immer, Fürstin. Sie haben sicher gehört, daß wir abreisen?« Sie sah mich scharf an.

»Natürlich habe ich davon gehört, und ich danke Ihnen, daß Sie noch einmal gekommen sind. Ich befürchtete schon, ich würde Sie nicht mehr sehen. Denken Sie nicht schlecht von mir. Ich habe Sie manchmal gequält, trotzdem bin ich eine andere, als Sie vielleicht glauben.« Sie lehnte sich gegen das Fenster. »Wirklich – ich bin nicht so, aber ich weiß, Sie haben eine schlechte Meinung von mir.«

»Ich?«

»Ja – Sie – Sie!«

»Ich?« wiederholte ich noch einmal. Mein Herz flatterte wie

– wie einst unter ihrem unwiderstehlichen, unbeschreiblichen Zauber. »Ich? – Glauben Sie mir, Sinaida Alexandrowna, trotz allem, was Sie getan, wie Sie mich gequält haben – ich werde Sie lieben und verehren bis zum Ende meiner Tage.«

Sie wandte sich rasch nach mir um, breitete die Arme aus, legte die Hände um meinen Kopf und küßte mich fest und heiß. Gott allein weiß, wem dieser lange Abschiedskuß galt. Und doch kostete ich gierig seine Süße. Ich wußte – dieser Kuß würde sich niemals wiederholen.

»Leben Sie wohl! Leben Sie wohl!« sagte ich immer wieder. Sie wandte sich ab und verließ das Zimmer. Auch ich entfernte mich. Ich kann das Gefühl nicht wiedergeben, das ich empfand, als ich davonging. Aber ich würde niemals wünschen, daß sich all das noch einmal wiederholen sollte. Und doch – ich wäre unglücklich gewesen, hätte ich nie davon gekostet.

Wir wohnten wieder in der Stadt, und es dauerte eine geraume Zeit, bis ich mich von der Vergangenheit gelöst hatte, bis ich wieder an meine Arbeit ging. Meine Wunde heilte langsam, aber meinem Vater war ich nicht böse. Im Gegenteil. In meinen Augen schien er noch größer geworden zu sein. Mögen die Psychologen diesen Widerspruch klären – wenn sie können.

Eines Tages sah ich auf einem Boulevard zu meiner

unbeschreiblichen Freude Dr. Luschin. Ich mochte ihn gern wegen seines geraden und aufrichtigen Charakters und wegen der gemeinsamen Erinnerungen, die er in mir weckte. Ich lief auf ihn zu. »Aha!« sagte er und zog die Brauen zusammen. »Sie also sind es, junger Mann. Lassen Sie sich einmal anschauen. Nun, das Gesicht ist noch ziemlich fahl, aber aus den Augen ist der alte Plunder heraus. Jetzt sehen Sie wenigstens wie ein Mensch aus und nicht mehr wie ein Schoßhund. Gut so. Und was macht die Arbeit?«

Ich seufzte. Lügen wollte ich nicht, aber ich schämte mich, die Wahrheit zu gestehen.

»Na, macht nichts, nur nicht den Mut verlieren«, fuhr Luschin fort. »Die Hauptsache ist: regelmäßig leben und das Feuer meiden. Was bringt es schon ein? Wohin uns auch die Wellen tragen, Gutes springt dabei nicht heraus. Und wenn der Mensch auch nur einen Stein hat, auf dem er stehen kann – die Hauptsache ist, er steht auf eigenen Füßen. – Hören Sie ... Dieser schreckliche Husten! – Und Belowsorow? Haben Sie schon gehört?«

»Was ist mit ihm? Ich habe keine Ahnung.«

»Er ist verschwunden. Man sagt, er sei im Kaukasus. Das sollte Ihnen eine Lehre sein, junger Mann. Und das alles nur deshalb, weil man es nicht fertigbrachte, sich rechtzeitig zu trennen, das Netz zu zerreißen. Sie allerdings scheinen noch mit einem blauen Auge davongekommen zu sein. Aber geben Sie acht, damit Sie nicht wieder hineingeraten. Also, leben Sie wohl.«

Ich werde nicht wieder hineingeraten, dachte ich. – Aber es war mir doch beschieden, noch einmal ihren Weg zu kreuzen.

XXI

Mein Vater ritt jeden Tag aus. Er besaß einen herrlichen englischen Rotschimmel, mit langem, schlankem Hals, hohen Beinen, ausdauernd und bösartig. Er hieß »Elektrik« und ließ sich nur von meinem Vater reiten. Eines Tages kam er gut gelaunt zu mir – es war schon seit langer Zeit nicht mehr der Fall gewesen. Er war im Begriff auszureiten und trug bereits Sporen. Ich bat ihn, mich mitzunehmen.

»Machen wir lieber Bockspringen, denn mit deinem Klepper schaffst du es ja doch nicht.«

»Ich werde es schon schaffen, ich werde ihm die Sporen geben.«

»Nun, meinetwegen.«

Wir brachen auf. Ich hatte ein kleines schwarzes, zottiges Pferd, kräftig in den Beinen und ziemlich schnell. Allerdings, wenn »Elektrik« dahintrabte, mußte es schon galoppieren, um mitzukommen. Ich kannte keinen besseren Reiter als meinen Vater. Er saß so gut, so lässig-elegant im Sattel, daß man den Eindruck hatte, selbst das Pferd freue sich und sei stolz auf seinen Reiter. Wir ritten über die Boulevards, über das Djewitschjefeld, setzten über Hecken und Zäune. Anfangs hatte ich etwas Angst. Aber mein Vater konnte feige Menschen nicht leiden – also sprang ich. Zweimal kamen wir über die Moskwa, und ich glaubte, wir seien bereits auf dem Heimweg. Um so mehr, da auch mein Vater bemerkt hatte, daß mein Pferd müde war. Plötzlich bog er an der Krimfurt ab und ritt am Ufer entlang. Ich jagte hinter ihm her. Als wir einen Stapel grauer Balken erreicht hatten, sprang er ab, hieß auch mich absteigen und sagte, während er mir die Zügel in die Hand drückte, ich solle hier auf ihn warten. Dann verschwand er in einer engen Gasse. Ich ging am Ufer auf und ab, führte die Pferde und zankte mit »Elektrik«, der immer wieder am Zügel riß, schnaubte und wieherte. Blieb ich stehen, scharrte er bald mit dem einen, bald mit dem anderen Huf oder biß meinem Klepper in den Hals. Mit einem Wort, er benahm sich wie ein verwöhntes Vollblut. Mein Vater blieb sehr lange. Unangenehme Feuchtigkeit stieg vom Wasser auf, leichter Regen fiel und zeichnete feine dunkle Tüpfelchen auf die

grauen Balken, die ich längst satt hatte. Ich langweilte mich. Aber von meinem Vater war nichts zu sehen. Da kam ein Straßenwärter zu mir, ein Tschuktsche. Er trug einen mächtigen alten Tschako, der wie ein großer Topf auf seinem Kopf saß, und eine Hellebarde. Ich kann heute noch nicht verstehen, was ein Straßenwärter am Ufer der Moskwa zu suchen hat. Er wandte mir sein verrunzeltes Altmännergesicht zu und sagte: »Was tun Sie mit den Pferden hier, junger Herr? Geben Sie her, ich halte sie.«
Ich gab ihm keine Antwort. Dann bettelte er um Tabak. Um ihn loszuwerden – ich war bereits sehr ungeduldig geworden –, ging ich ein Stück in derselben Richtung, die auch mein Vater gegangen war. Am Ende der Gasse bog ich um die Ecke und blieb stehen. Vor dem offenen Fenster eines Holzhauses, etwa vierzig Schritte von mir entfernt, stand mein Vater. Er wandte mir den Rücken zu und lehnte mit der Brust gegen die Fensterbank. Am Fenster, halb durch einen Vorhang verdeckt, saß eine Frau. Sie trug ein dunkles Kleid und unterhielt sich mit meinem Vater. Diese Frau war Sinaida.
Ich war maßlos erstaunt. Das hatte ich, offen gestanden, nicht erwartet. Ich wollte davonlaufen. – Wenn Vater sich umblickt, bin ich verloren, dachte ich. Doch ein eigenartiges Gefühl, stärker als Neugier, sogar stärker als Eifersucht, stärker als Angst hielt mich fest. Ich betrach-

tete beide und versuchte, etwas von der Unterhaltung aufzufangen. Es hatte den Anschein, als verlange mein Vater etwas von ihr, aber Sinaida schien damit nicht einverstanden zu sein. Ich sehe noch heute ihr Gesicht – traurig, ernst, schön, mit einem unbeschreiblichen Ausdruck von Ergebenheit, Liebe und – Verzweiflung. Ein anderes Wort kann ich dafür nicht finden. Sie sprach nicht viel, blickte zu Boden und lächelte, demütig und doch etwas trotzig. Dieses Lächeln war meine einstige Sinaida.
Mein Vater zuckte mit den Schultern und schob den Hut gerade. Das war ein Zeichen von Ungeduld. Dann hörte ich die Worte: »Vous devez vous séparer de cette . . .« Sinaida richtete sich auf, streckte die Hand nach vorn. Da geschah etwas Unglaubliches. Mein Vater holte mit der Reitgerte aus, mit der er kurz zuvor den Staub aus seinen Rockschößen geklopft hatte – ein scharfer Schlag klatschte auf den bis zum Ellbogen entblößten Arm.
Es fiel mir schwer, einen Schrei zu unterdrücken. Sinaida zuckte zusammen, blickte stumm meinen Vater an, hob langsam den Arm – ihre Lippen küßten den roten Striemen. Da warf mein Vater die Reitpeitsche weit von sich und stürmte die Stufen des Hauses hinauf. – Sinaida drehte sich um, warf den Kopf zurück, breitete die Arme aus und verschwand im Dunkel des Raumes.
Zitternd vor Schreck, mit einer grausamen Verwirrung

im Herzen, lief ich das Gäßchen entlang. Fast hätte ich »Elektrik« entwischen lassen. Ich ging wieder zum Ufer zurück. Es war alles so unfaßbar. Ich wußte, daß mein kühler, zurückhaltender Vater manchmal Wutanfälle bekam – und trotzdem konnte ich nicht begreifen, was ich gesehen hatte. Aber ich war überzeugt, diese Bewegung, diesen Blick, dieses Lächeln Sinaidas würde ich niemals vergessen. Ich wußte, dieses Bild, das so plötzlich vor mir aufgezuckt war, würde sich für alle Zeiten in mein Gedächtnis graben. Wie ein Irrer starrte ich auf das Wasser, ich merkte nicht, daß mir die Tränen über das Gesicht rannen. Er schlägt sie, dachte ich, schlägt sie – schlägt sie . . .

»Was machst du da? Bring mir mein Pferd!« hörte ich plötzlich die Stimme meines Vaters hinter mir.

Mechanisch gab ich ihm die Zügel. Er schwang sich auf »Elektrik«. Das vor Kälte zitternde Tier machte einen Satz – an die anderthalb Sashen. Aber mein Vater hatte es sofort wieder in der Gewalt, preßte die Sporen in die Weichen und schlug ihm die Faust auf den Hals. »Meine Peitsche müßte ich jetzt haben!« brummte er.

Und wieder dachte ich an den Schlag – und erschauerte.

»Wo hast du sie gelassen?« fragte ich nach einer Weile meinen Vater.

Er gab keine Antwort und ritt davon. Ich holte ihn ein, ich wollte sein Gesicht sehen.

»Hast du dich gelangweilt, als ich weg war?« fragte er durch die Zähne.

»Ein wenig. Hast du die Reitpeitsche verloren?« fragte ich noch einmal kurz.

Mit einem kurzen Blick streifte er mich. »Ich habe sie nicht verloren, ich habe sie weggeworfen«, sagte er. Dann schien er über etwas nachzudenken und sah auf den Boden. – Ich bemerkte zum ersten Male, und sicherlich auch zum letzten Male, wieviel Zärtlichkeit und Mitleid seine sonst so strengen Züge auszudrücken vermochten.

Er fiel wieder in Galopp, und ich konnte ihn nicht wieder einholen. Eine Viertelstunde nach ihm traf ich zu Hause ein. – Das ist Liebe, sagte ich nochmals zu mir, als ich in der Nacht vor meinem Schreibtisch saß, auf dem jetzt ab und zu wieder Bücher und Hefte lagen. – Das ist Leidenschaft! – Man sollte annehmen, ohne aufzumucken nimmt kein Mensch einen derartigen Schlag hin, ganz gleich, von wem er kommt – auch nicht von einer lieben Hand. Und doch ist es möglich, wenn man liebt . . . Und ich – ich hatte mir eingebildet . . .

Im letzten Monat war ich reifer geworden, meine Liebe mit all ihren Aufregungen und Qualen erschien mir jetzt kleinlich, kindisch, ja erbärmlich gegenüber jenem anderen unbekannten Etwas, das ich kaum zu begreifen vermochte, vor dem ich mich fürchtete wie vor einem fremden, schönen, aber drohenden Gesicht, das man im Dunkel vergebens zu erkennen versucht.

In derselben Nacht hatte ich einen eigenartigen, schrecklichen Traum. Ich befand mich in einem niedrigen, finsteren Zimmer. In diesem Zimmer stand mein Vater, er hatte eine Reitpeitsche in der Hand und stampfte mit dem Fuß auf. Sinaida hatte sich in eine Ecke geflüchtet. Nicht über den Arm, sondern über die Stirn lief ein roter Striemen – und hinter beiden stand blutüberströmt Belowsorow mit weitgeöffneten Lippen. Wütend bedrohte er meinen Vater.

Zwei Monate später bezog ich die Universität. Ein halbes Jahr darauf starb mein Vater an einem Herzschlag. Wir waren kurz zuvor nach Petersburg gezogen. Wenige Tage vor seinem Tode war ein Brief aus Moskau eingetroffen, der ihn außerordentlich aufgeregt hatte. Er sprach lange darüber mit meiner Mutter und bat sie um die Erfüllung eines Wunsches. Er soll sogar geweint haben – er, mein Vater!

Am Morgen seines Todestages hatte er begonnen, an mich einen Brief in französischer Sprache zu schreiben. Es hieß darin: »Mein Sohn, fürchte die Liebe eines Weibes, fürchte dieses Glück, dieses Gift . . .« Nach seinem Tode schickte meine Mutter einen ziemlich hohen Geldbetrag nach Moskau.

XXII

Vier Jahre waren etwa vergangen. Ich hatte mein Studium beendet und wußte noch nicht, was ich beginnen, an welche Tür ich klopfen sollte. Zunächst tat ich gar nichts. Eines schönen Abends traf ich Maidanow im Theater. Er hatte inzwischen geheiratet und war Beamter geworden. Aber sonst war er ganz der alte geblieben: er schwankte hin und her – zwischen Begeisterung und Mutlosigkeit.

»Wissen Sie, daß Frau von Dolskij hier ist?« fragte er mich unter anderem.

»Frau von Dolskij?«

»Sie kennen sie doch. Es ist die ehemalige Fürstin Sassekin, in die wir alle verliebt waren – auch Sie. Können Sie sich noch erinnern? Es war in der Sommerfrische von Njeskutschnyj.«

»Sie hat einen Herrn von Dolskij geheiratet?«

»Ja.«

»Ist sie hier – im Theater?«

»Nein, aber sie befindet sich in Petersburg. Vor ein paar Tagen traf sie ein und will weiter, ins Ausland.«

»Und was für ein Mensch ist ihr Mann?«

»Ein netter Kerl – mit viel Geld. Wir haben in Moskau

zusammen gearbeitet. Nach jener Geschichte – sie ist Ihnen doch sicherlich sehr gut bekannt.« Maidanow lächelte anzüglich und fuhr dann fort: »Nach jener Geschichte war es nicht so einfach, einen Mann für sie zu finden. Die Angelegenheit hatte immerhin Folgen gehabt. Aber bei einer Frau mit diesem Verstand ... Besuchen Sie sie doch einmal, sie wird sich bestimmt freuen. Sie ist noch schöner geworden.«

Maidanow gab mir Sinaidas Adresse. Sie wohnte im Hotel Demuth. Alte Erinnerungen wurden in mir wieder wach. Ich nahm mir vor, schon am nächsten Tage meiner einstigen »Leidenschaft« einen Besuch abzustatten. Aber es kam etwas dazwischen. Es verging eine Woche, eine zweite, und als ich endlich im Hotel Demuth erschien und nach Frau von Dolskij fragte, sagte man mir, daß sie vor vier Tagen bei der Geburt eines Kindes gestorben sei. Mein Herz schien stehenzubleiben. Der Gedanke, daß ich sie noch einmal hätte sehen können, daß ich es versäumte und daß ich sie nun niemals wiedersehen würde, dieser Gedanke bohrte sich in mich mit der Gewalt eines nicht wiedergutzumachenden Vorwurfs. »Gestorben?« wiederholte ich und sah stumpf den Portier an. Dann ging ich still davon, ziellos die Straße entlang. Alles Vergangene stand plötzlich wieder vor mir. Das also war die Lösung, das Ziel, wohin dieses junge, leidenschaftliche, prächtige Leben gestürmt war, wohin es in all seinen Erregungen strebte, dachte ich. Meine Augen aber sahen die geliebten Züge, die Augen, die Locken – in einem engen Kasten, im feuchten Dunkel der Erde. Nicht weit von mir, dem Lebenden – und vielleicht nur wenige Schritt entfernt von meinem Vater. Meine Phantasie war wach, und plötzlich sprach mein Herz den Vers:

»Aus teilnahmslosem Mund klang mir das Todeswort,
Und teilnahmslos hab' ich's vernommen.«

O Jugend, Jugend! Was kann dich erschüttern? Du tust, als gehören dir alle Schätze des Alls – selbst das Leid läßt dich nicht verzweifeln, und Trauer hinterläßt an dir keine Spuren. Du bist selbstsicher und vermessen. Du sagst – nur ich lebe! Schaut her! Und doch schwinden auch deine Tage dahin, spurlos und ungezählt, alles auch in dir vergeht wie Wachs in der Sonne, wie Schnee. – Vielleicht liegt das ganze Geheimnis deines Reizes nicht in der Möglichkeit, alles zu vollbringen, sondern in der Einbildung, alles vollbringen zu können. Und darin – deine Kräfte zu verschwenden, die du ja doch zu nichts anderem hättest verwendet. – Und darin, daß sich jeder von uns – allen Ernstes – für einen Verschwender hält, der – allen Ernstes – glaubt, recht zu haben, wenn er sagt: Was hätte ich alles tun können, hätte ich meine Zeit nicht nutzlos vergeudet! –

So auch ich. Was hatte ich alles erhofft, was hatte ich alles erwartet? Nun trug ich, nur mit einem Seufzer, mit dem Empfinden der Trostlosigkeit das für einen Augenblick auferstandene Phantom meiner ersten Liebe zu Grabe.

Was ist von all meinen damaligen Hoffnungen in Erfüllung gegangen? Was gibt es jetzt, wo sich die ersten abendlichen Schatten auf mein Leben senken, was gibt es jetzt Schöneres und Lieberes als die Erinnerung an das so schnell an mir vorübergegangene morgendliche Frühlingsgewitter!

Doch – tue ich mir selbst nicht unrecht? Auch damals, in jener leichtlebigen Jugendzeit, verschloß ich mich nicht einer traurigen Stimme, einem feierlichen Klang, der aus dem Grabe zu mir sprach. Kurz nachdem ich von Sinaidas Sterben gehört hatte, stand ich, von einem unwiderstehlichen Drang getrieben, am Totenbett einer armen alten Frau, die in unserem Hause wohnte. Von Lumpen bedeckt, auf harten Brettern liegend, einen Sack unter dem Kopf, hatte sie einen schweren Tod. Ihr ganzes Leben war Kampf gegen die tägliche Not gewesen. Sie hatte keine Freuden kennengelernt, sie hatte nicht vom Met des Glücks gekostet. Hätte nicht gerade sie sich auf ihren Tod, auf ihre Freiheit, auf ihre Ruhe freuen sollen? Doch solange der alte Körper noch Kraft genug hatte zu widerstehen, solange sich die Brust noch qualvoll unter der eisigen Faust heben konnte, die auf ihr ruhte, solange sie noch nicht die letzten Kräfte verlassen hatten, hörte sie nicht auf, sich zu bekreuzigen und zu flüstern: »Herr, vergib mir meine Sünden!« Erst mit dem letzten Funken ihres Bewußtseins ging auch die Angst, der Schrecken vor dem Tod aus ihren Augen. Ich weiß noch, am Sterbebett der alten Frau bangte ich um Sinaida – und ich hatte den Wunsch zu beten, für sie, für meinen Vater und – für mich.